Le Dr March marie ses Filles

D'après le texte original de Louisa May Alcott « Good Wives ».
Traduction de Denise Hamoir.

Le texte de la présente édition a été revu par l'éditeur.

Illustrations de couverture et intérieures : Mara.

Hachette Livre, 43, quai de Grenelle, 75015 Paris.

Louisa May Alcott

Le Dr March marie ses Filles

hachette
JEUNESSE

Jo

Joséphine, surnommée Jo, est dotée d'un caractère aventureux. Ce qu'elle redoute le plus ? S'ennuyer… ou pire encore : devoir se comporter comme toutes les jeunes filles bien éduquées le font. Mais avec son imagination débordante, il n'y a aucun risque que cela arrive !

Meg

Margaret, que tout le monde appelle Meg, est l'aînée. Très coquette, elle préférerait mille fois s'occuper de trouver de nouvelles toilettes que de travailler en tant que gouvernante pour quatre enfants terribles ! Pourtant, comme elle est raisonnable, elle remplit son rôle avec sérieux.

Beth

Elisabeth est la bonté incarnée ! Douce et timide, c'est certainement la plus discrète de toutes. Beth est particulièrement douée pour le piano. Grâce à ce don et son caractère arrangeant, elle essaie toujours de faire en sorte que tout se passe au mieux pour tout le monde.

Amy

La plus jeune des filles March est aussi celle qui joue le plus de ses charmes. Avec ses cheveux blonds et ses grands yeux bleus, on dirait une vraie poupée. Toutefois, mieux vaut ne pas se fier à son visage d'ange, car elle a un caractère bien trempé !

chapitre 1

Le premier mariage

Une barrière de bois très basse bardait la route et derrière, on apercevait une pelouse, grande comme un mouchoir de poche, encerclée par une étroite allée conduisant à une minuscule villa.

C'était presque une maison de poupée… La clôture était si blanche, l'herbe si verte, le chemin si bien ratissé, la maison si coquette, que l'on ne pouvait s'empêcher de se dire en la regardant : « Comme on doit être heureux ici ! »

Et, pour une fois, on ne se trompait pas.

Si nous y pénétrions, nous retrouverions là les quatre filles du docteur March et leur mère, si heureuses qu'elles ne pouvaient s'arrêter de parler et de rire, si affairées que la petite maison bourdonnait comme une ruche.

Ce dernier Noël de guerre, où nous avions vu se fiancer Meg et John Brooke, avait été suivi de longs mois d'attente et d'espoir pour les deux jeunes gens et nous voici enfin parvenus, deux ans et demi plus tard, à ce beau jour de juin qui est la veille du mariage de Meg. Malgré les soins apportés depuis des mois à l'aménagement du futur foyer, il restait encore tant de détails à revoir qu'il semblait que rien ne serait prêt en temps voulu.

Dans le vestibule, si petit que Beth avait dit à sa sœur : « Heureusement que tu ne joues pas du piano, toi ! Jamais on n'aurait pu en faire entrer un par ici ! », Mme March cherchait dans quel coin placer le porte-parapluies pour qu'il n'obstrue pas le passage.

Est-il utile de vous présenter Mme March ? Non. Elle n'avait pas changé, ou si peu.

Si ses cheveux avaient un peu blanchi, c'est qu'il n'était pas toujours facile d'être l'âme d'une famille qui groupait quatre filles turbulentes, un mari si bon qu'il aurait volontiers donné sa dernière chemise – et sa peau avec – et des ressources si modestes qu'il fallait compter et recompter les dépenses penny par penny. Mais elle ne se plaignait jamais. Elle estimait, au contraire, être la plus heureuse des mères de ce monde et si des rides s'étaient légèrement creusées au coin de ses lèvres, c'était qu'elle souriait trop souvent – de ce sourire qui comprenait, pardonnait et réconfortait.

— Maman ! lança une voix, celle de Jo, toujours aussi impétueuse et vibrante. Venez vite ! J'ai besoin de votre avis.

Mme March se précipita au salon où avait retenti cet appel.

— J'ai changé tous les meubles de place, s'écria Jo. Ne trouvez-vous pas que c'est préférable ? Le fauteuil de Meg et sa table à ouvrage seront beaucoup mieux placés près de la fenêtre que ce bureau qui ne sert à rien ! Ne pensez-vous pas ?

— J'en suis persuadée, dit Mme March avec un fin sourire à l'adresse de Jo dont elle avait deviné la pensée secrète.

Jo, depuis quelques mois, gagnait sa vie en écrivant des petits romans à un dollar la colonne pour le *Spread Eagle.* Elle avait d'abord installé le salon de sa sœur selon ses goûts personnels. À la dernière minute, reconnaissant son erreur, elle venait de remettre à l'honneur la table à ouvrage dédaignée qui serait si utile à la vraie femme d'intérieur qu'était Meg.

Jo admira son œuvre d'un regard satisfait, écrasa du bout du pied un pli du tapis, resserra brutalement le nœud de son tablier, rejeta d'un brusque coup de tête une mèche qui retombait sur ses yeux et décrèta, péremptoire :

— Quelques roses dans ce petit vase, un gros bouquet de marguerites dans ce coin sombre et ce sera parfait !

— Oui, approuva Mme March. Allons voir ce que font les autres.

— Allez-y, maman, il faut que j'aille au jardin cueillir des fleurs.

Et elle se précipita au-dehors, s'arrêtant sur le perron, juste le temps de préciser :

— Si vous avez besoin de moi, vous n'avez qu'à m'appeler. Et inutile de crier fort... je ne serai jamais bien loin...

Une chanson gaie s'éleva de la cuisine où Mme March retrouva Beth, balai en main. Comme toujours, Beth avait choisi la besogne que les autres négligeaient. Elle se battait contre les derniers brins de paille qui protégeaient la vaisselle apportée deux jours plus tôt... Ils ressortaient toujours de partout, ces brins de paille, et se cachaient dans les plus petits interstices où il devenait impossible de les voir.

— Ne vous fatiguez pas trop, Beth, s'écria Mme March en voyant le front de sa fille emperlé de sueur.

— Oh ! Non, maman ! Mais il faut que Meg trouve sa cuisine impeccable ! C'est ce qu'il y a de plus important dans une maison.

— Le plus important, c'est que vous ne tombiez pas malade, dit Mme March, sans sourire cette fois.

Beth était toujours restée délicate depuis sa fièvre typhoïde et ses joues trop pâles, son manque de force, étaient un constant sujet d'inquiétude pour sa famille.

— C'est très propre, certifia Mme March. Rangez votre balai, ma chérie, et reposez-vous un peu.

— Que fait Meg ? questionna Beth.

— Elle range le linge de maison, certainement.

Beth éclata de rire.

— Il faut aller l'aider, dit-elle. Elle n'en viendra jamais à bout toute seule…

Ce linge était un éternel sujet de plaisanterie dans la famille. Meg en avait quatre fois plus qu'elle n'en avait besoin. Et c'était la faute de tante March.

La pauvre tante, après avoir juré qu'elle ne donnerait rien à sa nièce si elle épousait « ce Brooke », s'était trouvée dans l'impossibilité de se dédire et le regrettait vivement car, malgré son caractère à la fois grincheux et autoritaire, elle avait bon cœur et savait que la pauvre Meg, en faisant ce « mariage ridicule », se condamnait à un train de vie réduit au strict minimum. Alors, elle avait acheté et fait broder des quantités effarantes de draps, de nappes, de serviettes, de torchons, de tout le linge dont on peut avoir besoin au cours d'une longue vie, dans une famille nombreuse donnant des réceptions sans fin. Et c'est tante Carrol qui avait offert à Meg ce somptueux cadeau.

Mais le secret avait été éventé et les quatre sœurs avaient trouvé la chose d'autant plus amusante qu'elles-mêmes avaient travaillé consciencieusement à la constitution d'un trousseau fort honorable et très suffisant pour le jeune ménage. Mais, cela, tante March le savait d'autant moins qu'un peu souffrante ces derniers mois, elle avait vécu la plupart du temps au « Val d'Or », cette propriété dans la proche campagne où elle aimait se retirer quand elle avait besoin de repos.

De là, elle avait récemment envoyé, et cette fois à son nom, un superbe collier de perles, expliquant en termes très froids que, s'étant promis de donner ce bijou à celle des quatre sœurs qui se marierait la première, elle se croyait obligée de tenir sa parole, bien qu'elle réprouvât ce mariage.

Meg avait reçu ce cadeau avec une joie mêlée d'émotion, et avait remercié sa tante dans une longue lettre pleine d'affection sincère, mais le don du linge lui avait fait encore plus de plaisir que ce bijou de valeur.

Les nappes damassées s'empilaient sur les rayonnages de la lingerie auprès des draps brodés, et Meg admirait les belles piles si bien rangées avec une satisfaction non dissimulée.

— Eh bien, cria Beth en entrant dans la pièce. Tu en viens à bout ?

— C'est superbe, s'exclama Meg. Regarde ! Oh ! Maman ! Rien ne pouvait me faire plus plaisir que d'avoir tant de si beau linge. Je ne regrette qu'une chose, c'est de ne pouvoir en remercier tante March. Il me semble à présent, grâce à elle, que je suis riche !

— Qui parle ici de richesse ? cria la voix d'Amy, lancée en trombe dans le corridor. C'est toi, Meg ?

Et la jeune fille glissa par l'entrebâillement de la porte une tête marquée d'une lippe de mépris au coin des lèvres.

— Oui ! C'est moi ! répondit Meg. J'ai tout ce que je pouvais rêver d'avoir !

— Sauf des domestiques ! grogna Amy. Quand je pense que Sallie Moffat en a quatre ! Et que tu n'en auras pas une !

Une ombre passa sur le front de Meg, mais s'effaça très vite. Sallie, sa meilleure amie, depuis son mariage avec le très riche et très insignifiant Ned Moffat, vivait dans une somptueuse demeure, environnée d'un luxe qu'il était difficile de ne pas envier. Meg n'avait pu s'empêcher plus d'une fois de comparer leurs sorts. Mais ses réflexions l'amenaient toujours à conclure qu'elle avait – malgré les apparences – plus de chances d'être heureuse que son amie. John Brooke, « son John », avait tant de qualités que Ned n'avait pas !

Mieux valait mille fois être la femme de John, quitte à se priver de certaines choses, plutôt que de posséder une fortune... Aussi, est-ce en riant que Meg riposta à sa sœur :

— Si j'avais quatre domestiques, ils ne tiendraient pas dans la maison et il me faudrait habiter dans le jardin !

Amy haussa les épaules insoucieusement. Si Meg était contente, c'était parfait. Quant à elle, elle se débrouillerait autrement. Le luxe lui était une nécessité, et si elle en avait été privée jusqu'à ce jour, elle entendait bien ne plus s'en passer après son mariage.

La voix de Jo s'éleva du dehors, annonçant joyeusement :

— Enfin ! Voici Laurie !

La barrière de bois grinça sous la forte pression d'une main pleine de fermeté et un grand jeune homme apparut.

C'était, dans toute la splendeur de ses vingt ans, le jeune Théodore Laurentz, « Laurie » pour ses amis, et « Teddy » pour la seule et unique Jo. Jo avait été le meilleur soutien de sa vie d'orphelin et son rêve depuis longtemps était de la voir devenir sa femme. Mais, fidèle à la promesse qu'il s'était faite, il attendait d'être venu à bout de ses dernières années de collège pour lui ouvrir son cœur. En attendant, ils restaient les meilleurs amis du monde et passaient leur temps à se chamailler en riant.

Ce jour-là, comme de coutume, Laurie était vêtu avec une recherche extraordinaire. En voyant Jo se précipiter sur lui, il ôta un chapeau aux bords immenses qui découvrit un crâne tondu de près.

— Oh ! Teddy ! s'écria Jo d'un ton de reproche. Je croyais que pour ce mariage vous deviez laisser repousser vos cheveux !

— Jamais de la vie, ma chère Jo. C'est la dernière mode et je tiens à la suivre !

— Vous devenez ridicule, mon pauvre garçon ! affirma Jo d'un ton convaincu.

— Si vous pensez ce que vous dites, je me jette à l'eau immédiatement ! s'écria Laurie.

— Quand donc serez-vous sérieux ! murmura Jo, tout en couvrant le jeune homme d'un regard admiratif.

— Quand vous voudrez bien reconnaître que je le suis devenu !

— Jamais je ne pourrai croire une chose pareille, tant que vous vous conduirez comme vous le faites. Combien de fois vous êtes-vous fait renvoyer du collège cette semaine ?

— Pas une, ma chère. Et j'ai gagné un match de cricket ! Ça ne vous dit rien ? Mais, où sont les autres ? Est-ce que tout est enfin prêt ? J'ai un paquet pour Meg ! Puis-je entrer ?

Et sans attendre de réponse, le jeune homme s'engouffra dans la maison.

— Bonjour, madame maman, dit-il, saluant Mme March selon les termes consacrés et qui traduisaient si bien l'amour et le respect qu'il lui portait. J'ai obtenu le congé demandé pour marier votre fille et vous m'en voyez tout heureux ! Mes respects, madame Brooke. Je regrette de n'avoir pu vous apporter plus tôt le petit colis promis, mais le voici… Amy, vous êtes plus resplendissante que jamais. Mais pourquoi avez-vous tant de savonnettes dans les mains ?

— J'essaie de les répartir selon la couleur des pièces et les garnitures de lavabos. Je n'y arrive pas. Venez m'aider…

— C'est une besogne délicate, dont seule une grande artiste comme vous peut se charger ! Beth, je vous salue très bas. Comment se portent vos charmants petits chats ?

Pendant que Laurie parlait intarissablement, Meg défaisait le paquet qu'il venait de lui remettre et mettait au jour une plaque de fine porcelaine blanche, destinée à être apposée sur la barrière de l'entrée. Dans un angle étaient peintes deux tourterelles roucoulant sur le bord d'un nid et de belles lettres gothiques s'inscrivaient au-dessous.

— « Le Colombier », lut Meg en éclatant de rire.

— Puisque vous m'avez chargé de baptiser votre future demeure, fit Laurie, j'ai pensé que rien ne pouvait convenir mieux à vos aspirations que cette tendre et simple allégorie… Puissiez-vous pendant de longs et heureux jours roucouler auprès de John…

— Taisez-vous, fit Meg, prête à rougir.

— Mais, au fait, où est John ? Le marié ! Il manque le marié !

— Il y avait encore quelques formalités à faire pour demain…, murmura Meg qui, cette fois, se mit à rougir pour de bon en pensant à cette journée attendue depuis si longtemps et qui, mettant un terme à son heureuse vie de jeune fille, ouvrirait sur son avenir les portes inconnues et un peu troublantes de sa vie de femme.

Le lendemain, le soleil se leva dans un ciel sans nuages et les roses grimpant sur la vieille maison de famille des March semblaient s'être vêtues de couleurs éblouissantes.

C'était un grand jour et les petites roses l'auraient deviné même si elles n'avaient pu, en plongeant par les fenêtres, voir les étonnantes choses qui se passaient dans la maison.

Au rez-de-chaussée, Mme March et Hannah, la vieille bonne, terminaient l'installation d'un *lunch* tel qu'on n'en avait pas vu depuis longtemps entre ces murs.

Au premier étage, les trois plus jeunes sœurs parachevaient la toilette de la mariée, chacune selon ses compétences.

— Regardez ! Regardez ! chuchotaient les roses admiratives.

À ce moment, Meg ressemblait beaucoup à une rose elle-même et tout ce qu'il y avait de meilleur et de plus doux dans son cœur et dans son âme semblait s'épanouir sur sa figure, l'auréolant d'une grâce plus belle que la beauté. Elle ne portait ni soie, ni dentelle, ni fleur d'oranger. Elle avait fait elle-même sa robe de mariée, ses sœurs avaient tressé ses cheveux et le seul ornement de sa simple toilette était des brins de ce muguet que « son » John préférait à toutes les autres fleurs.

« Je ne veux pas d'un mariage conventionnel, avait-elle décrété, ni d'une collection d'invités qui ne viendront que pour tout critiquer. Je ne veux pas être attifée, ce jour-là, d'une façon exceptionnelle, mais seulement avoir l'air de ce que je suis et, semblable à moi-même, n'être entourée que par ceux que j'aime. »

— Tu as tout à fait l'air de notre chère Meg, affirma Amy, quand la toilette fut terminée, et si jolie que je te sauterais bien au cou si je ne craignais de chiffonner ta robe.

— Ne te préoccupe pas de ma robe et embrasse-moi. Je veux qu'elle soit toute chiffonnée ce soir par vos marques de tendresse à tous.

Les jeunes sœurs ne se firent pas prier pour se cramponner au cou de leur aînée. Elles craignaient toujours que le nouvel amour de Meg ne lui fît oublier son ancienne vie de famille et toute occasion de constater qu'il n'en était rien leur paraissait particulièrement bonne à saisir.

— Maintenant, dit Meg, je vais descendre voir si John est arrivé. Finissez vite de vous préparer.

Et les roses du premier étage reprirent leurs commentaires à voix basse :

— Elles mettent leurs robes gris argent !

— Oui ! Elles n'ont pas voulu faire de frais de toilette !

— La plus jeune est sûrement la plus jolie !

Si Amy avait entendu cette phrase, elle se serait certainement redressée d'orgueil. Elle se savait moins belle que Meg, mais elle avait ce charme indescriptible qu'on appelle la grâce. Elle trouvait sa bouche trop grande, son menton trop énergique et la forme de son nez était demeurée son principal sujet d'affliction, car, quoi qu'elle ait pu faire, il n'était jamais devenu aquilin.

— Non ! coupa une autre rose. Moi, je préfère Beth.

— Elle a des yeux remarquables, je le reconnais, profonds et mélancoliques, sans être tristes. Mais elle est trop mince, trop souple, trop calme. Elle m'inquiète !

— Préférez-vous Jo, avec ses allures de garçon, sa haute taille, ses gestes brusques, ses joues brunes ?

Pauvre Jo ! Elle aurait bien ri si elle avait pu entendre ce que disaient les roses !

Ses efforts pour se féminiser n'avaient pas obtenu le succès mérité. Elle se tenait avec aisance, mais non pas avec grâce. Seuls ses cheveux, en repoussant, avaient embelli son visage, le couronnant d'un épais bandeau sombre où elle disposait de son mieux des petits œillets roses, tout en songeant à la pile de manuscrits abandonnée au grenier dans le vieux buffet de cuisine, et qu'elle retrouverait demain avec tant de joie.

— Voici tante March ! cria une rose tournée vers l'allée d'entrée et se tortillant sur sa tige en regardant la vieille dame descendre de sa calèche dans le bruissement soyeux de son ample robe de moire couleur violette de Parme.

Le docteur March qui, à ce moment, traversait le vestibule, une bouteille de porto sous chaque bras, s'avança au-devant de sa sœur, et la vieille dame, scandalisée de le voir dans cette tenue, leva au ciel ses bras chargés d'une ombrelle, d'un face-à-main, d'un bouquet de fleurs et d'une Bible. Mais sa réprobation se fit encore plus grande lorsqu'elle vit la jeune mariée se précipiter à son tour, sans le moindre égard pour ses souliers de satin blanc, coupant à travers la prairie pour venir l'accueillir.

— Je n'ai jamais vu une chose pareille ! répétait la vieille dame, profondément choquée. Une mariée ne se montre pas avant la cérémonie !

— Je n'ai aucune raison de me cacher ! rétorqua Meg, et je viens vous embrasser, parce que je suis contente de vous revoir enfin après une si longue absence. Venez vite vous asseoir au salon. Il fait déjà trop chaud au soleil.

Lorsque Amy parut, toute gracieuse dans sa robe grise, rehaussée des taches bleu clair du myosotis piqué à son corsage et dans ses cheveux, la vieille dame retrouva le sourire.

Depuis longtemps elle éprouvait une tendresse marquée pour cette jeune nièce si aimable, si coquette et si affectueuse. Elle avait comblé tous ses vœux en lui faisant donner des leçons de dessin par le meilleur professeur de la ville, et Amy lui en gardait une telle gratitude qu'une parfaite entente régnait désormais entre la jeune fille souriante et la vieille dame acariâtre.

L'arrivée de Laurie et de son grand-père, puis celle des Carrol : l'oncle, la tante et leur fille Florence, achevèrent de mettre tante March dans le climat de mondanité qu'elle aimait.

Heureusement elle n'entendit pas Jo et Laurie se recommander mutuellement de se tenir convenablement pendant la cérémonie, sans se faire rire. Les invités arrivaient, et bien que strictement choisis parmi les seuls amis dont Meg et John appréciaient la présence, ils étaient assez nombreux pour donner une belle animation à cette fête.

Tante March trouva, finalement, que tout se passait d'une façon correcte mais peut-être, sans s'en douter, s'était-elle laissé contaminer par la bonne humeur et la simplicité ambiantes.

Elle ne se choqua pas lorsque, sitôt mariée, Meg s'écria, contrairement à tous les usages : « Le premier baiser pour maman ! » Ni quand, pendant le *lunch*, Jo, servant à boire, renversa une carafe de limonade sur le buffet. Ni même lorsque le marié grimpa sur un tabouret pour rattacher lui-même une guirlande de feuillage, et embrassa à travers les feuilles du lierre la jeune épousée qui lui passait un marteau et des clous.

Comme Meg l'avait voulu, rien n'était apprêté ni conventionnel dans cette fête de famille. Chacun restait soi-même et se montrait tel qu'il était dans sa joie, et Laurie eut une idée qui acheva de rendre aussi peu cérémonieux que possible ce peu protocolaire mariage. En fin de journée, tandis que les invités se promenaient au jardin, profitant de la fraîcheur du soir, il plaça Meg et John côte à côte au centre de la pelouse et ordonna :

— Que tous les gens mariés se prennent par la main et dansent autour des nouveaux époux, et que tous les célibataires caracolent par couples dans l'allée…

En achevant sa phrase, il enlaça Amy avec tant d'irrésistible entrain, que son exemple fut aussitôt imité par M. et Mme March, puis oncle et tante Carrol et les autres suivirent le mouvement. Sallie Moffat elle-même, après un moment d'hésitation, jeta sa traîne sur son bras et s'élança avec Ned sur la pelouse.

Mais le plus grand succès fut remporté par M. Laurentz, lorsqu'il vint solennellement inviter tante March. La vieille dame accepta sans hésiter, glissa son ombrelle sous son bras et sautilla allégrement auprès de son cavalier aux cheveux blancs, tandis que les couples de jeunes aux habits clairs emplissaient le jardin tels des papillons.

chapitre 2

La première réception d'Amy

Les jeunes sont souvent ambitieux. Amy l'était et le resta longtemps. Incapable de discerner si son enthousiasme artistique était ou non du génie, elle se crut appelée aux plus hautes destinées et, se laissant guider par son inspiration autant que par la témérité de sa jeunesse, elle s'essaya tour à tour dans les différentes branches de l'art.

Elle abandonna les modelages de son enfance pour se spécialiser dans le dessin à la plume et se découvrit pour ce travail minutieux tant de goût et d'adresse qu'elle crut avoir trouvé sa voie. Mais sa vue se fatigua vite et elle délaissa l'encre et la plume pour s'attaquer audacieusement à la pyrogravure.

Sa famille vécut dans la constante terreur d'un incendie tant que dura cette crise. L'odeur du bois brûlé emplissait la maison à toute heure du jour, la fumée s'échappait du toit de l'appentis avec une inquiétante fréquence, des tisonniers chauffés à blanc traînaient partout, si bien qu'Hannah, dans sa terreur du feu, n'allait jamais se coucher sans emporter un seau d'eau et la cloche des repas.

Un portrait de Raphaël fut découvert audacieusement exécuté sur l'envers du tableau noir, un Bacchus sur le couvercle d'un tonneau de bière, et un chérubin décora la porte de la salle de bains.

Du feu à l'huile, la transition est naturelle pour les doigts brûlés, aussi Amy se livra-t-elle ensuite à la peinture avec une ardeur nullement éteinte. Un ami artiste la pourvut de toiles, de brosses et de couleurs, et elle barbouilla des vues champêtres et marines telles qu'il n'en a jamais existé sur terre, ni sur mer. Elle créa un bétail monstrueux qui eût remporté tous les prix à une foire agricole, et des navires dont l'inclinaison aurait donné des nausées aux plus vieux loups de mer, si une méconnaissance totale de toutes les règles de construction navale ne les avait, dès le premier coup d'œil, incités à rire.

Vinrent ensuite les portraits au fusain. La famille entière, lamentable et noire comme si elle venait de s'échapper d'une soute à charbon, s'accrocha aux murs en rangs serrés. Estompés ensuite dans des esquisses au crayon, ces portraits parurent meilleurs, car la ressemblance était indéniable. Les cheveux d'Amy, le nez de Jo, la bouche de Meg, comme les yeux de Laurie, furent décrétés « merveilleusement bons ».

Un retour à la terre glaise et au plâtre suivit ces essais et bientôt les bustes de tous les amis et connaissances, tels des fantômes sous leurs linges mouillés, hantèrent les recoins de la maison et les planches des placards, si bien qu'il devint impossible d'en ouvrir un seul sans recevoir sur la tête l'un de ces spectres.

Un accident fâcheux vint mettre un terme à ces efforts et calma cette débauche de sculpture : manquant de modèles, la jeune fille entreprit de faire un moulage de son propre pied. Ce jour-là, la famille fut alertée par un choc retentissant suivi d'un cri qui n'avait plus rien d'humain. On découvrit la jeune artiste sautillant sauvagement à travers l'appentis, le pied comprimé dans un bloc de plâtre qui s'était solidifié avec une rapidité inattendue.

La victime fut délivrée avec beaucoup de peine et un certain risque, car Jo riait tant que son couteau coupa le pied en même temps que le plâtre, ce qui, pour une fois, couronna une tentative d'art d'un souvenir durable.

Après cela, l'ardeur d'Amy se calma jusqu'au jour où elle fut prise d'une rage de croquis d'après nature. On la vit alors hanter les rivières, les champs et les bois, soupirer après les ruines, et finalement attraper un interminable rhume pour être restée trop longtemps assise sur l'herbe humide, à reproduire un merveilleux point de vue composé d'une souche d'arbre, d'un champignon et d'une tige de digitale.

Si le génie est « une éternelle patience » ainsi que l'affirme Michel-Ange, Amy pourrait bien avoir quelque prétention à ce titre, car, en dépit de tous les obstacles, des insuccès et des découragements, elle persévéra, demeurant intimement convaincue qu'elle parviendrait un jour à réaliser quelque chef-d'œuvre.

Tout cela ne l'empêchait d'ailleurs pas de se mesurer à bien d'autres difficultés, car elle avait aussi décidé de devenir une jeune fille remarquable en tous points. Il faut reconnaître que, dans ce genre, elle obtenait de bien meilleurs résultats…

Avec un sens intuitif très sûr, et beaucoup de tact, elle faisait exactement ce qui convenait en temps et lieu, savait adresser la phrase voulue à la personne adéquate, et se montrait toujours à ce point si sûre d'elle-même que ses sœurs disaient d'elle : « Si Amy était invitée à la cour, elle n'aurait besoin d'aucune répétition pour apprendre à s'y conduire. »

Une des faiblesses de la jeune fille était son désir de s'introduire dans la « meilleure société » sans savoir d'ailleurs au juste ce que désignaient ces deux mots. L'argent, la situation, l'élégance et les bonnes manières lui paraissaient les choses les plus souhaitables au monde. Elle aimait fréquenter ceux qui les possédaient et se méprenait souvent entre le vrai et le faux, accordant son admiration à ce qui n'était que factice. Mais, consciente du rang qu'aurait dû normalement occuper sa famille, elle cultivait ses goûts et ses sentiments aristocratiques afin d'être en mesure, quand l'occasion se présenterait, de prendre la place dont les revers de fortune l'excluaient momentanément.

Un jour, Amy aborda sa mère d'un air important.

— J'ai une grâce à vous demander, maman ! dit-elle.

Amy était toujours restée, aux yeux de sa mère, le dernier bébé de la famille. Aussi, prête d'avance à lui accorder ce qu'elle désirait, Mme March accueillit-elle en souriant cette grave requête.

— Notre classe de dessin, expliqua Amy, prend fin la semaine prochaine, et avant que nous ne nous séparions pour les vacances, j'aimerais demander à mes camarades de venir passer une journée ici. Elles ont très envie de voir la rivière, de dessiner le vieux pont, et d'admirer certains points de vue que je leur ai montrés dans mes carnets de croquis. Elles ont été très gentilles pour moi et, bien que je sois pauvre et elles riches, elles ne me l'ont jamais fait remarquer.

— Pourquoi l'auraient-elles fait ? questionna Mme March.

Amy sourit sans amertume, car elle possédait un heureux caractère et un optimisme inébranlable.

— Vous savez aussi bien que moi, dit-elle, que cela creuse presque toujours un fossé... mais avec elles, je n'ai jamais été gênée, et c'est pourquoi j'aimerais les inviter la semaine prochaine, leur offrir un lunch, les conduire aux divers endroits qu'elles ont envie de connaître, peut-être les emmener en barque sur la rivière... En somme, organiser pour elles une petite fête artistique.

— Cela me paraît faisable. Que voulez-vous pour le lunch ? Des sandwiches, du cake et des fruits seront amplement suffisants, il me semble.

— Oh ! Certainement pas. Il faudrait, en plus, de la langue froide, du poulet, du chocolat et des glaces. Ces filles sont habituées à toutes ces choses, et je ne veux pas qu'elles soient déçues en venant ici. Ce n'est pas parce que je suis obligée de gagner ma vie que le lunch ne doit pas être réussi.

— Et combien comptez-vous inviter de camarades ? demanda Mme March d'une voix où perçait un soupçon d'inquiétude.

— Il y en a une bonne vingtaine dans ma classe, mais je ne pense pas qu'elles viendront toutes.

— Ma pauvre enfant ! Il vous faudra louer un omnibus pour les conduire ici !

— Un omnibus, quelle horreur! s'exclama Amy. Je n'aurai probablement pas plus de dix ou douze invitées. J'emprunterai le char à bancs de M. Laurentz, et en louerai un autre.

— Tout ceci coûtera très cher, Amy.

— Non, pas très cher : j'ai fait mes comptes. Je suis capable de régler moi-même toutes les dépenses.

— Ne croyez-vous pas, chérie, que ces jeunes filles trouveront très banales ces choses auxquelles elles sont trop accoutumées, et qu'elles auraient plus de plaisir à participer à une petite fête très simple qui serait pour elles un changement et ne nous obligerait pas à nous mettre sur un pied qui n'est pas le nôtre en louant ou empruntant tout un matériel qui ne nous appartient pas?

— Si mon projet ne peut être réalisé comme je le désire, déclara Amy, obstinée, je préfère m'en passer.

Mme March savait que l'expérience est un excellent maître et, autant que possible, laissait ses enfants apprendre à leurs dépens ce qu'elle aurait très aisément pu leur enseigner par ses conseils.

— Très bien, Amy, dit-elle, si vous y tenez tant que cela et si vous êtes décidée à faire cette dépense de temps, d'argent et de patience, je n'ai rien à redire à vos projets. Vous pouvez prendre rendez-vous avec vos amies et compter sur moi pour vous aider au maximum.

— Oh ! merci, maman, s'écria joyeusement Amy, vous êtes toujours si bonne.

Et, après un rapide baiser, elle s'en fut exposer ses plans à ses sœurs.

Meg se montra aussitôt d'accord, promit son aide et même offrit de prêter tout ce dont elle pouvait disposer, depuis sa petite maison jusqu'à ses plus belles salières.

Jo, en revanche, réprouva le projet tout entier et commença par refuser d'y participer en quoi que ce soit.

— Je ne vois pas pour quelle raison tu dépenserais ton argent, bouleverserais la maison, et mettrais toute la famille sens dessus dessous en l'honneur de quelques misérables filles, qui se soucient de toi comme de leur première chemise !

Amy répliqua vertement que sa sœur pouvait bien se lancer dans la vie les poings sur les hanches et le nez au vent, et appeler cela indépendance, mais qu'elle, Amy, entendait agir tout autrement et ne pas laisser échapper une occasion de se former aux manières du beau monde.

Jo avait un amour de la liberté et une horreur du conventionnel poussés à un tel point qu'elle ne pouvait comprendre les intentions de sa sœur. Toutefois, pour ne pas lui faire de peine, elle finit par céder et promit de l'aider dans la préparation de cette « grotesque mascarade ».

Les invitations envoyées furent presque toutes acceptées, et le grand jour fut fixé au lundi suivant.

Hannah prit la chose très mal, car cela bouleversait tout son travail de la semaine, aussi décréta-t-elle que, lorsque la lessive et le repassage n'étaient pas faits en temps voulu, rien d'autre ne pouvait marcher.

Cette perturbation domestique eut un très fâcheux retentissement sur l'atmosphère générale, et bien d'autres difficultés vinrent s'y ajouter : Beth prit froid et dut s'aliter, Meg reçut un nombre extraordinaire de visites qui la retinrent chez elle, et Jo, malgré sa bonne volonté, était si contrariée qu'elle fit une incalculable quantité de bévues.

À la cuisine, les choses n'allaient pas mieux : le poulet était dur, la langue trop salée, et le chocolat ne voulait pas fondre. Et puis les dépenses s'élevèrent à un chiffre bien plus important que prévu…

Il avait été décidé que, s'il ne faisait pas beau le lundi, la partie serait remise au mardi.

Le lundi matin, le temps était incertain, et Amy en fut plus exaspérée que s'il était tombé un véritable déluge. Il pleuvait quelques gouttes, ventait un peu, puis un rayon de soleil paraissait…

Réveillée à l'aurore, la jeune mondaine obligea chacun à se lever et bouscula le petit déjeuner afin d'avoir le temps de mettre la maison en état.

En entrant dans le salon, elle fut frappée par son allure minable et défraîchie. Tout en soupirant après ce qui lui manquait, elle arrangea habilement ce dont elle disposait, plaçant les chaises sur les parties les plus usées du tapis, cachant les taches des murs avec des tableaux entourés de feuillage et garnissant les coins dénudés de ses sculptures.

Jo acheva de donner un aspect pimpant à la pièce en y disposant de ravissants bouquets de fleurs. Puis Amy dressa le lunch et trouva qu'il se présentait bien. Il ne restait qu'à souhaiter qu'il fût aussi bon que beau et que toute la vaisselle empruntée pût être rendue sans casse. Les voitures avaient été promises. Mme March et Meg étaient prêtes à faire les honneurs de la fête, Beth se trouvait en état d'aider Hannah dans les coulisses et Jo s'était engagée à se montrer aussi aimable et causante que son mal de tête et sa désapprobation absolue de cette festivité le lui permettaient.

En achevant de s'habiller, Amy se réconfortait en pensant au plaisir qu'elle aurait, une fois la réception et le lunch terminés, à se livrer avec ses amies aux joies d'une délassante promenade d'où tout souci ménager serait exclu.

Il y eut ensuite deux heures de répit, pendant lesquelles la jeune fille piétina impatiemment du salon au porche d'entrée, tandis que les opinions de chacun tournaient avec la girouette. Une bonne averse à onze heures dut calmer l'ardeur des invitées attendues pour midi, car personne ne vint.

À deux heures, la famille excédée s'assit dans un ironique rayon de soleil pour déguster toutes les denrées périssables du lunch.

Le lendemain dès l'aube, le temps s'annonça radieux. Amy reprit courage.

— Elles viendront certainement aujourd'hui, dit-elle. Il faut se dépêcher pour que tout soit prêt.

Mais en elle-même elle regrettait d'avoir parlé de ce mardi : tout comme son cake, son intérêt pour cette fête avait perdu beaucoup de sa fraîcheur première.

Le docteur March rentra une demi-heure plus tard, avec une expression de tranquille désespoir.

— Je n'ai pas pu avoir de langouste aujourd'hui, annonça-t-il sur un ton de fatalisme résigné.

— On servira le poulet à la place, dit sa femme.

— Il n'y a plus de poulet, murmura Beth. Hannah l'a laissé une minute sur la table de la cuisine et le chat l'a pris.

— Alors, il faut que j'aie de la langouste ! affirma Amy. La langue seule ne suffira pas.

— Dois-je courir en ville pour vous en acheter ? proposa Jo avec la magnanimité d'un martyr.

— Tu serais capable de la rapporter sous ton bras sans même l'envelopper, rien que pour m'être désagréable, riposta Amy dont la patience commençait à s'épuiser. J'irai moi-même.

Et Amy s'en fut, emportant un élégant sac de voyage et se dissimulant au mieux derrière une épaisse voilette. Elle trouva sans peine la langouste de ses rêves et revint réconfortée par cette promenade matinale qui, apaisant ses nerfs surexcités, l'avait préparée à faire face à tous les événements de cette dure journée.

À midi, une fois de plus, tout était prêt. Un soleil radieux éclairait le ciel et Amy partit dans le char à bancs à la recherche de ses invitées.

— Les voilà, elles arrivent ! cria tout à coup Jo, entendant claquer joyeusement les sabots des chevaux et le fouet du cocher.

— Je vais aller les attendre au porche, décida Mme March, ce sera plus accueillant et je voudrais que cette pauvre petite ait quelques satisfactions après tout le mal qu'elle s'est donné !

Mais à peine avait-elle descendu le perron qu'elle s'arrêta médusée : l'air complètement perdues dans l'immense voiture, il n'y avait qu'Amy et une seule jeune fille.

— Cours vite, Beth, et aidez Hannah à enlever les trois quarts du lunch ! ordonna Jo, se précipitant elle-même vers la salle à manger sans prendre le temps de s'arrêter pour rire.

Amy descendit du char à bancs, tout à fait à son aise, et se montra extrêmement cordiale envers l'unique invitée qui avait tenu sa promesse. Les autres membres de la famille jouèrent également bien leurs rôles, malgré une envie de rire difficilement comprimée, qui leur donnait des airs si irrésistiblement enjoués que Miss Eliott envia Amy d'avoir une famille aussi gaie.

La seconde édition du lunch fut dévorée avec joie, puis le jardin et l'atelier visités tandis que roulait une discussion enthousiaste sur des questions artistiques. Ensuite, Amy commanda un « buggy » (tant pis pour l'élégant char à bancs !) et jusqu'au coucher du soleil, parcourut les environs avec son unique amie.

Quand elle rentra chez elle, l'air très fatiguée, mais dominant sa déception, elle remarqua que tous les vestiges de la malheureuse fête avaient disparu, sauf un sourire narquois resté au coin des lèvres de Jo.

— Vous avez eu un temps merveilleux pour votre promenade, ma chérie, dit Mme March aussi sérieusement que si les douze invitées y avaient participé.

— Miss Eliott est très gentille, observa Beth, avec un entrain bien imité, elle a paru beaucoup s'amuser !

— Pourrais-tu me céder un peu de ton cake ? demanda Meg gravement. Celui que je fais n'est pas aussi bon et le tien pourrait me rendre grand service demain pour mon thé.

— Tu peux tout prendre ! murmura Amy avec un soupir. Je suis seule à aimer le cake, et celui-ci sera rance avant que j'en vienne à bout.

— C'est dommage que Laurie ne soit pas ici pour nous aider, dit Jo ; mais sa mère lui lança un regard d'avertissement qui coupa court à toute autre insinuation.

Puis la famille prit place, pour la quatrième fois en deux jours, autour d'un repas composé de salade et de glace.

— Je vais mettre les restes dans un panier et le faire porter aux pauvres, s'écria Amy en s'essuyant les yeux. La vue de ces victuailles me rend malade et il n'y a pas de raison que vous mouriez d'indigestion parce que je me suis conduite comme une écervelée !

— Je suis navrée de cette déception..., commença Meg.

— Je ne suis pas déçue, coupa Amy. Je suis satisfaite. J'ai mené à bien ce que j'avais entrepris et ce n'est pas ma faute si cela n'a pas réussi. Je vous remercie de ce que vous avez fait pour moi et vous remercierai encore bien davantage si vous vouliez bien ne plus jamais m'en reparler...

Il y avait un petit tremblement dans sa voix… et, pour ne pas lui faire de peine, chacun évita dorénavant la moindre allusion à cet épisode. Cependant, le jour de son anniversaire, Laurie lui offrit une petite pendeloque de corail représentant une minuscule langouste.

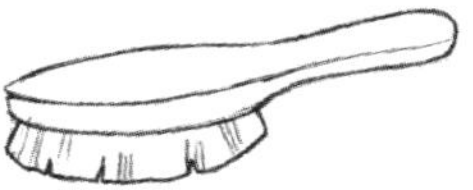

chapitre 3

Jo écrivain

Jo avait toujours aimé écrire et, en grandissant, cette passion n'avait fait que s'affirmer. De temps en temps, elle s'enfermait dans sa chambre, revêtait sa « tenue d'écrivain » et, comme happée par un tourbillon, disparaissait de la surface du monde. Perdant tout contact avec la réalité, elle se laissait emporter au fil de son histoire et, tant que la dernière ligne n'était pas écrite, elle ne pouvait trouver la paix.

Son costume d'écrivain consistait en un tablier de satinette noire, pouvant sans risque servir à essuyer les plumes, et un bonnet de même tissu, garni d'un pimpant nœud rouge.

Entre autres avantages, cet équipement présentait celui de tenir les membres de la famille à distance respectueuse de l'auteur et de son repaire. Si, d'aventure, l'un d'eux se hasardait à glisser une tête par l'entrebâillement de la porte, il se risquait rarement à poser l'inutile question : « Comment va l'inspiration, Jo ? »

Le bonnet, à lui seul, permettait de faire le point et d'évaluer avec certitude l'état d'esprit de son propriétaire. Enfoncé très bas sur le front, il était le signe évident d'un labeur acharné. Posé de travers sur la tête, il indiquait une exaltation dont l'ampleur s'accentuait selon les degrés de son inclinaison, et lorsque le désespoir s'emparait de l'auteur, le pauvre couvre-chef lancé à terre gisait, telle une épave, dans quelque coin de la pièce.

Dans ce dernier cas, l'intrus n'avait plus qu'à se retirer silencieusement, et la famille entière, aussitôt alertée, se gardait d'adresser la moindre parole à l'écrivain malchanceux, jusqu'au moment où le nœud rouge réapparaissait enfin, triomphalement planté au sommet d'un front illuminé par le génie.

Jo n'éprouvait ni surprise, ni fierté excessive de ses dons. Quand l'accès littéraire s'emparait d'elle, elle s'y laissait aller, glissant dans un monde imaginaire plein d'amis presque aussi vrais et aussi chers à son cœur que s'ils avaient réellement existé. Le sommeil abandonnait ses yeux, ses repas demeuraient intouchés, les jours et les nuits lui paraissaient trop courts pour savourer le bonheur dont elle jouissait. Même si elles ne portaient aucun fruit, ces heures-là valaient la peine d'être vécues. Le souffle divin durait généralement une semaine ou deux, puis Jo réapparaissait, affamée, exténuée, rayonnante ou découragée.

Elle se remettait à peine de l'une de ces crises le jour où elle s'offrit à accompagner tante March à une conférence, et cette bonne action fut récompensée par une fructueuse idée.

Elles étaient arrivées de bonne heure et, tandis que la tante s'absorbait dans son tricot, sa nièce s'amusa à regarder son voisin, un jeune étudiant fort studieusement plongé dans la lecture d'un illustré. Jo examina le lecteur puis, sur le journal, la gravure la plus apparente, se demandant quelles fâcheuses circonstances pouvaient justifier une aussi mélodramatique illustration : un Indien en costume de guerre s'affalait dans un précipice tandis qu'un loup s'accrochait à sa gorge et que deux jeunes gens, anormalement dotés de pieds trop petits et d'yeux trop grands, se transperçaient mutuellement au premier plan. Dans le lointain, une femme échevelée s'enfuyait, la bouche ouverte…

Au moment de tourner sa page, l'étudiant aperçut le regard de Jo et, dans un élan de générosité, lui offrit la moitié de son journal en lui disant brusquement :

— Vous avez envie de lire ? C'est une histoire formidable !

Jo accepta avec un sourire et se trouva rapidement entraînée dans un banal enchevêtrement d'amour et de meurtre.

— C'est bien, n'est-ce pas ? questionna le garçon tandis que Jo arrivait au dernier paragraphe de sa page.

— Je pense que vous ou moi pourrions faire tout aussi bien si nous le voulions, répliqua Jo, amusée par cette admiration.

— Je voudrais en être capable, fit l'étudiant d'un ton convaincu et, indiquant du doigt le nom de Mme S.L.A.N.G. Northbury figurant en grosses lettres sous le titre. Elle gagne bien sa vie en écrivant de telles histoires, ajouta-t-il.

— La connaissez-vous ? demanda Jo avec un subit intérêt.

— Non, mais je lis tous ses ouvrages et un de mes amis travaille dans la maison où ce journal est imprimé.

— Voulez-vous dire qu'elle gagne sa vie en écrivant des histoires comme celle-ci ? questionna encore Jo, regardant respectueusement cette fois la mélodramatique gravure et les nombreux points d'exclamation émaillant le texte.

— Sûr ! se récria le garçon. Elle sait exactement ce qui plaît aux lecteurs, et ses romans lui sont bien payés.

À ce moment, la conférence commença, mais Jo n'en entendit pas un mot. Elle copiait discrètement l'adresse du journal, et prenait la ferme résolution de gagner le prix de cent dollars offert par cet illustré à tout auteur d'une nouvelle suffisamment palpitante pour figurer dans ses colonnes.

Avant que la conférence ne soit terminée et l'auditoire réveillé, Jo se voyait à la tête d'une splendide fortune et son intrigue était déjà composée, bien qu'elle n'eût pu encore décider si le duel devait avoir lieu avant l'enlèvement ou après le meurtre.

Jo se garda bien de faire part de ses projets à sa famille et se mit au travail dès le lendemain.

Jusque-là, se contentant d'écrire des nouvelles sentimentales pour le *Spread Eagle*, Jo ne s'était jamais essayée dans le genre roman d'aventures. Ses lectures variées lui furent utiles et son indomptable imagination fit le reste.

Son roman se trouva rempli d'autant de désespoir et de désolation que ses connaissances limitées de ces inconfortables émotions pouvaient le lui permettre. Ayant situé l'action à Lisbonne, elle l'acheva dans un tremblement de terre qui lui parut être un dénouement à la fois saisissant et approprié.

Le manuscrit fut envoyé en secret, accompagné d'une note pleine de modestie disant que l'auteur n'osait espérer remporter le prix mais serait néanmoins heureux de recevoir toute somme que son œuvre semblerait devoir mériter.

Il est long d'attendre six semaines une réponse et encore plus long, surtout pour une fille, de garder un secret pendant tant de temps.

Cependant, Jo eut cette force d'âme. Elle commençait juste à perdre espoir lorsque arriva une lettre qui lui coupa littéralement le souffle. Au moment où elle l'ouvrit, un chèque de cent dollars tomba sur ses genoux.

Elle le regarda quelques secondes, hypnotisée par ce papier comme par un serpent, puis elle ouvrit la lettre, la lut et, aussitôt, fondit en larmes.

Si l'aimable monsieur qui avait écrit cette remarquable lettre avait pu savoir quelle joie intense il apporterait à une faible créature, je pense qu'il passerait toutes ses heures de loisir à en écrire de semblables. Car, plus encore que l'argent qui l'accompagnait, Jo apprécia les encouragements qu'elle contenait. Après des années d'effort, elle recevait enfin la certitude que son travail n'avait pas été vain, et rien n'est aussi réconfortant que la joie d'apprendre que l'on a réussi à faire quelque chose de bien, ne serait-ce qu'un roman d'aventures de basse catégorie.

Il aurait été impossible de trouver quelqu'un de plus fier que Jo lorsque, après s'être calmée, elle alla trouver sa famille, sa lettre dans une main, son chèque dans l'autre, et clamant à haute voix qu'elle avait gagné le prix.

Son bonheur se communiqua à tous les siens. Elle dut montrer son manuscrit, le lire devant la famille assemblée, et recevoir des masses de compliments. Cependant, son père, après lui avoir dit que le style était bon, l'intrigue neuve et passionnante, secoua la tête et ajouta, de cette façon qui était la sienne :

— Vous pouvez faire mieux, Jo. Visez toujours plus haut et ne vous tracassez pas pour l'argent.

— Je pense que l'argent est ce qu'il y a de meilleur dans tout ceci, riposta Amy. Que vas-tu faire de toute cette fortune ?

— Envoyer maman et Beth à la mer pendant un mois ou deux ! affirma Jo sans l'ombre d'une hésitation.

— Quelle bonne idée ! s'écria Beth, frappant dans ses mains avec enthousiasme et prenant une longue respiration comme si l'air marin pénétrait déjà dans ses poumons.

Puis, se ravisant, et écartant de la main le chèque que sa sœur agitait devant elle :

— Je ne peux pas l'accepter, chérie, murmura-t-elle, ce serait trop égoïste.

— Oh ! mais si, tu iras, Beth ! Il y a longtemps que j'ai décidé que tu partirais. C'est pour cela que j'ai fait ce concours et pour cela que j'ai réussi. Je n'obtiens rien quand je travaille pour moi toute seule, mais de penser aux autres m'aide à bien faire. Ne comprends-tu pas ? Et puis maman aussi a besoin de repos, et elle ne voudra pas te quitter. Tu vois bien qu'il faut absolument que tu acceptes...

— Si c'est pour maman, murmura Beth, c'est différent !

Beth ne rapporta pas de son séjour au bord de la mer des joues aussi roses que sa sœur l'avait souhaité, mais elle avait meilleure mine. Quant à Mme March, elle se déclara rajeunie de dix ans.

Satisfaite de l'emploi de son argent, Jo se remit au travail avec une ardeur renouvelée, ne vivant plus que dans l'espoir de recevoir encore de ces bienheureux chèques. Et, effectivement, dans le courant de cette année-là, elle en reçut plusieurs. Par la magie de sa plume ses romans se transformèrent en confort pour les siens. *La Fille du Duc* paya la note du boucher, *La Main fantôme* changea le tapis du salon et *Les Héritiers maudits* renouvelèrent la garde-robe familiale.

Ses œuvres passaient inaperçues, mais elles se vendaient. Encouragée par ce résultat, Jo décida de faire mieux et de viser à la gloire. Après avoir rédigé un roman selon son cœur, l'avoir lu à tous ses amis et soumis en tremblant à trois éditeurs, elle obtint la promesse d'être publiée à la condition d'en supprimer tous les morceaux qu'elle estimait les meilleurs.

« Il me faut, se dit-elle, ou laisser ce manuscrit moisir au grenier, ou trouver l'argent pour le faire imprimer à mes frais, ou le tailader de façon à plaire aux éditeurs… »

Après avoir demandé avis à toute la famille réunie en conseil, elle se résigna à ce dernier parti et, ayant mutilé sévèrement son œuvre, s'aperçut, comme le meunier de la fable, qu'elle ne satisfaisait personne.

Néanmoins, après bien des efforts, son livre fut enfin édité. Elle reçut trois cents dollars, beaucoup de compliments et au moins autant de critiques.

L'argent surtout lui fut utile.

Elle avait pensé que l'opinion des autres lui serait d'un salutaire enseignement, mais les avis étaient si partagés qu'elle ne savait quel profit en tirer.

Elle oublia vite cette petite déception et se retrouva alors en état de rire de son pauvre petit livre.

« Je ne mourrai pas de n'être pas un génie, se dit-elle bravement, et de toute façon, la plaisanterie est bonne… Les morceaux pris sur le vif m'ont été déclarés "impossibles et absurdes" et les scènes que j'ai sorties tout entières de ma bête de petite cervelle ont été reconnues “d’un naturel charmant, tendres et vraies”. Cela peut me servir d’enseignement et quand je serai prête, je m’y remettrai et j’en ferai un autre ! »

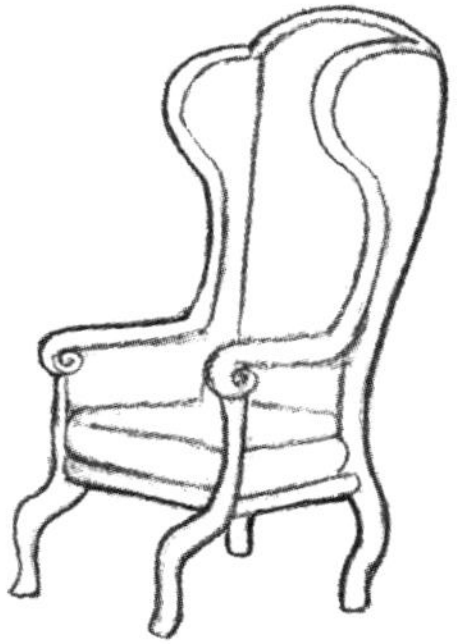

chapitre 4

Meg fait des confitures

Comme tant d'autres jeunes femmes, Meg avait décidé, au lendemain de son mariage, de se montrer parfaite maîtresse de maison. La cuisine était son plus grand souci et elle en étudiait les recettes comme des problèmes d'arithmétique dont la solution dépendait d'une application méticuleuse de toutes les données. Il en résulta des repas si fastueux qu'il lui fallait appeler sa famille à la rescousse pour achever les plats.

Mais un jour, vérifiant les livres de compte, John vint doucher cet enthousiasme. Une période de restrictions débuta alors, pendant laquelle le pauvre homme dut se contenter de viande hachée, de pudding au pain, et de café rebouilli. Il faut reconnaître qu'il accepta l'épreuve avec une admirable force d'âme.

C'est alors que Meg, dans son louable souci d'économie, résolut de faire elle-même ses conserves et commença par les confitures. John fut chargé de commander une douzaine de pots et une quantité supplémentaire de sucre. Les groseilles du jardin étaient mûres. Il n'y avait plus une minute à perdre.

Très fier des talents de sa femme, et convaincu qu'elle était capable de réussir n'importe quelle besogne, John envisagea avec plaisir l'agréable perspective de voir les récoltes de son jardin transformées en pots de confiture soigneusement alignés sur les planches, dans l'attente de l'hiver.

Pour flatter « ma femme » il commanda quatre douzaines de pots, un demi-tonneau de sucre et un petit garçon pour cueillir les groseilles.

Meg se mit à l'œuvre. Ses cheveux relevés sous un petit bonnet bien blanc, ses manches retroussées jusqu'au coude, un tablier à bavette coquettement noué autour de sa taille, elle ne douta plus du succès. N'avait-elle pas vu des centaines de fois Hannah faire ce travail ?

La rangée de bocaux vides était assez impressionnante, mais John aimait tellement la gelée de groseilles que Meg résolut de les remplir tous et consacra sa journée entière à égrainer, peser, faire cuire, passer ses groseilles. Elle se donna un mal terrible, consulta tous ses livres de cuisine, se remémora tout ce qu'elle avait vu Hannah faire et ne pas faire : son jus de fruits se refusait obstinément à prendre une allure de confiture. Elle rajouta du sucre, remit la bassine sur le feu, fit réduire le jus mais, quoi qu'elle pût faire, la confiture récalcitrante ne voulait pas prendre.

La jeune femme avait grande envie de courir réclamer l'aide de sa mère, mais il avait été décidé, en accord avec John, qu'ils ne demanderaient jamais à la famille d'intervenir dans leurs difficultés personnelles. Mme March, consultée, leur avait donné raison et, jusqu'à ce jour, cet engagement solennel avait été respecté. Malgré le désespoir qui l'envahissait, Meg résista cette fois encore à la tentation, mais à cinq heures du soir, au milieu de sa cuisine bouleversée, elle se laissa choir sur une chaise, complètement désemparée, et, plongeant son visage dans ses mains enduites de sirop rouge, se mit à pleurer amèrement.

Or, dans son ardent désir de réussir sa nouvelle vie, elle avait souvent dit : « Mon mari doit, autant qu'il lui plaira, pouvoir inviter ses amis en toute liberté. Je serai toujours prête à les recevoir et, même si je ne suis pas prévenue d'avance, ils trouveront une maison bien arrangée, une femme accueillante et un bon dîner. »

Cette perspective l'enchantait, tandis que John, ravi, se félicitait intérieurement d'avoir épousé une femme aussi compréhensive que zélée. Mais l'occasion de mettre en pratique ces bonnes dispositions ne s'était pas encore présentée.

Il aurait été impardonnable à John d'avoir justement choisi ce jour-là – parmi tous les jours de la vie – pour lancer une invitation à l'improviste, s'il n'avait eu l'excuse d'avoir totalement oublié la confection des confitures. Mais, si inconcevable que cela puisse paraître, il n'y songeait absolument pas lorsque, sortant de son bureau, il rencontra M. Scott.

Tout au plaisir d'imaginer la bonne impression que celui-ci éprouverait en voyant la charmante Meg accourir au-devant de son mari, à travers la petite pelouse si verte, et de s'asseoir dans la salle à manger, si confortable, devant un repas ponctuellement servi à l'heure, il entraîna son ami chez lui, avec toute la naïve joie d'un jeune marié heureux de pouvoir se montrer un hôte accueillant.

Ce monde est fait de déceptions. Si John ne l'avait pas encore su, il l'aurait appris ce jour-là, en arrivant.

La porte d'entrée, toujours hospitalièrement ouverte, était non seulement close, mais fermée à clef. La boue de la veille se voyait encore sur les marches du perron. Les fenêtres du salon étaient fermées et les rideaux tirés. La gracieuse silhouette de Meg dans son ample robe blanche, avec une rose à la ceinture et un charmant petit nœud dans les cheveux, ne se profilait nulle part. Aucune aimable hôtesse ne s'avançait au-devant de l'invité pour lui souhaiter la bienvenue d'un sourire tout à la fois timide et avenant. Non. Personne n'était visible auprès de cette maison morte, si ce n'est un garçon aux mains et aux joues sanguinolentes, endormi sous les groseilliers.

— Je crains qu'il ne soit arrivé quelque chose, murmura John, effrayé de ce silence et de cette solitude. Voulez-vous faire un tour dans le jardin, Scott, pendant que je cherche Mme Brooke ?

Conduit par une odeur de sucre brûlé, John contourna la maison et pénétra dans la cuisine.

M. Scott s'écarta discrètement, un sourire amusé au coin des lèvres, et se tint à une certaine distance. Mais, de là, il pouvait tout voir et tout entendre et, étant lui-même célibataire, il prit le plus vif plaisir à la scène qui se déroula ensuite.

La confusion et le désespoir régnaient en maîtres dans la cuisine : une première tournée de confiture versée et reversée dans les bocaux les recouvrait extérieurement autant qu'intérieurement d'un liquide gluant dont les coulées abondantes cascadaient de la table jusqu'au carrelage du sol. De la bassine, posée sur le fourneau, s'élevaient une abondante fumée et une prenante odeur de caramel qui remplissaient la pièce. Au beau milieu de ce désordre, Mme Brooke, écrasée par le désastre, pleurait désespérément.

— Ma chérie ! Que se passe-t-il ? s'écria John, imaginant aussitôt que sa femme s'était ébouillanté les mains, ou avait reçu de mauvaises nouvelles.

Et son angoisse se doublait d'une secrète consternation à la pensée de l'invité attendant au jardin.

— Oh ! John. Je suis fatiguée, si malheureuse et j'ai si chaud ! Venez à mon secours, par pitié !

Et Meg se jeta au cou de son mari, oubliant que son tablier était aussi couvert de confiture que le carrelage de sa cuisine.

— Qu'est-ce qui peut vous mettre dans un état pareil, Meg chérie ? Ne pleurez pas ! Je peux tout supporter, sauf cela !

— La gelée ne veut pas prendre ! Et je ne sais ce qu'il faut faire !

John Brooke éclata d'un rire joyeux et, dans son coin, le sarcastique Scott ne put retenir un involontaire sourire.

— N'est-ce que cela ? se récria John. Jetez le tout par la fenêtre et n'y pensez plus ! Je vous achèterai des kilos de confiture, mais pour l'amour du Ciel calmez-vous et retrouvez votre sourire, car j'ai amené Jack Scott pour dîner et...

John ne put achever sa phrase. Meg avait brusquement repoussé son mari et, se tordant les mains, s'écriait d'une voix où se mêlaient l'indignation, le reproche et le désespoir :

— Un invité, dans tout ce gâchis ! Comment avez-vous pu faire une chose pareille ?

— Chut ! Il est dans le jardin ! J'avais oublié cette maudite confiture...

— Vous auriez dû me faire prévenir, ou m'avertir ce matin. Et, surtout, vous auriez dû vous rappeler que j'avais tant à faire !

— Je ne le savais pas ce matin et n'avais aucun moyen de vous avertir puisque j'ai rencontré Jack en rentrant ici. Vous m'avez si souvent dit que vous souhaitiez voir arriver mes amis à l'improviste ! C'est la première fois que cela m'arrive, mais je me pendrai plutôt que de recommencer !

— Emmenez-le tout de suite loin d'ici ! Je ne peux pas le recevoir et... il n'y a rien à dîner !

— J'ai commandé du bœuf et des légumes ce matin, et vous m'aviez promis un pudding ! s'écria John, ouvrant déjà le garde-manger.

— Je n'ai eu le temps de m'occuper de rien... Je pensais que nous irions dîner chez maman ! Je suis désolée...

Et les larmes de Meg se remirent à couler de plus belle.

John était un homme doux, mais c'était tout de même un homme. Rentrant chez lui après une longue journée de travail, il aurait souhaité trouver tout autre chose qu'une femme en colère, une table vide et un intérieur chaotique.

Néanmoins, il se contint, et l'incident aurait peut-être pu se clôturer sans heurt si, dans son désir d'apaisement, il n'avait eu un mot malheureux.

— Séchez vos larmes, dit-il affectueusement à Meg. Nous avons tous les deux une faim d'ogre et nous ne nous montrerons pas difficiles. Donnez-nous de la viande froide, du pain et du fromage… nous ne demanderons pas de confiture.

Il n'avait voulu que plaisanter gentiment, mais son mot eut l'effet de la goutte d'eau qui fait déborder le vase. Meg trouva vraiment trop cruel ce rappel de son insuccès et perdit du coup son dernier atome de patience.

— Tirez-vous d'affaire comme vous le pourrez, s'écria-t-elle. Je suis trop fatiguée pour préparer un repas et je ne veux pas offrir à un invité un os et un bout de fromage. Emmenez ce Scott chez maman et dites-lui que je suis partie, malade, morte ! Tout ce que vous voudrez ! Je ne veux pas le voir, et vous pouvez vous moquer de moi et de ma confiture autant qu'il vous plaira… je ne ferai rien pour vous !

Ayant ainsi soulagé sa rancœur, Meg arracha son tablier, déserta le champ de bataille et monta précipitamment s'enfermer dans sa chambre, seule avec son désespoir.

Ce que les deux hommes firent en son absence, elle ne le sut jamais ; mais M. Scott ne fut pas conduit « chez maman » et quand Meg redescendit elle ne trouva plus que les restes épars d'un repas confus qui la remplirent d'horreur.

Le premier mouvement de la jeune femme fut de se précipiter chez sa mère et de tout lui raconter. Mais un sentiment de honte et le souvenir de ses engagements la retinrent. Même si John se montrait cruel envers elle, personne ne devait le savoir ! Aussi, rassemblant son courage, la jeune femme décida-t-elle de se tirer d'affaire, seule et pour le mieux. Elle remit la salle à manger en ordre, monta se recoiffer et s'habiller soigneusement, puis revint s'installer près de la fenêtre pour attendre le retour de John et lui accorder son pardon.

Malheureusement, John, ne voyant pas les choses sous ce jour, ne rentra pas tout de suite.

Il avait présenté l'affaire à Scott comme une bonne plaisanterie, excusé sa jeune femme de son mieux et s'était montré un hôte si jovial et si accueillant que son ami, ravi de ce dîner impromptu, avait promis de revenir. Mais John, bien qu'il ne le montrât pas, était en colère. Il estimait que Meg, après l'avoir mis dans une situation difficile, l'avait abandonné au moment où il aurait eu le plus besoin de son aide.

Il avait en lui-même fulminé contre elle pendant tout le repas, mais, maintenant, après avoir accompagné son ami, il s'apercevait que sa colère était tombée et trouvait des excuses à la conduite de Meg.

« Pauvre enfant ! se disait-il. Elle ne s'était donné tant de peine que pour me faire plaisir ! Elle était si fatiguée ! Bien sûr, elle a eu tort de se fâcher… mais elle est encore très jeune ! C'est à moi d'être patient et de lui expliquer. »

L'idée que peut-être elle était allée se plaindre chez ses parents le mit en colère, pendant trois minutes au moins. Puis, la peur que Meg se soit rendue malade à force de pleurer vint attendrir son cœur et hâter son allure. Tout en marchant il se répétait : « Je serai calme et tendre, mais ferme. Très ferme. Il faut qu'elle comprenne qu'elle a manqué à ses devoirs d'épouse. »

Pendant ce temps, Meg décidait qu'il lui fallait être tendre et calme, mais assez ferme. Suffisamment ferme pour bien montrer à John où était son devoir.

Elle aspirait à le voir paraître, à se jeter dans ses bras, à lui demander pardon, à se faire embrasser, consoler et réconforter. Elle était certaine de l'être… Mais lorsque John arriva, rien ne se passa comme elle l'aurait souhaité. Une force inconnue la retint clouée dans son fauteuil, et elle se mit à chantonner d'un air indifférent, tout en se balançant mollement, comme une femme sûre d'elle-même et sans aucun souci.

John, prêt à trouver une tendre Niobé, fut déçu, mais, estimant que c'était à lui de recevoir des excuses et non d'en faire, il entra paisiblement au salon et s'allongea sur le sofa en faisant cette curieuse remarque :

— C'est la nouvelle lune, ce soir, ma chère !

— Ah oui ? fut la réponse également paisible de Meg.

Quelques autres lieux communs, tout aussi inintéressants, furent ensuite échangés, puis la conversation languit. John s'installa devant la seconde fenêtre, ouvrit son journal et s'absorba totalement dans sa lecture. Meg se mit à coudre des rosettes neuves à ses pantoufles avec autant d'ardeur que si son avenir et celui du monde en dépendaient.

Ni l'un, ni l'autre ne parlaient plus. Chacun avait l'air « calme et ferme » et tous deux se sentaient aussi désespérément malheureux.

« Oh ! pensait Meg, que la vie de ménage est donc difficile et quelle patience il faut y apporter ! Maman me l'avait bien dit et je ne l'avais pas crue... »

Puis elle se souvint de certains conseils que sa mère lui avait donnés et dont elle n'avait pas alors reconnu la valeur :

« John est un très brave garçon, lui avait-elle dit, mais il a ses défauts et vous devez apprendre à les connaître et à les supporter, en vous souvenant des vôtres. Si vous êtes tous deux dans votre tort, soyez toujours la première à demander pardon et évitez les petites piques, les incompréhensions et les mots vifs qui, tôt ou tard, sont cause de regrets et d'amers chagrins. »

Ces dernières paroles résonnaient aux oreilles de Meg tandis qu'elle se sentait incapable de disposer symétriquement les garnitures de ses pantoufles.

C'était la première querelle sérieuse qu'elle avait avec son mari, et elle ne devait pas la laisser se prolonger ! L'accueil qu'elle avait réservé à John à son entrée dans la cuisine lui parut tout à coup ridicule et sa colère, enfantine. Pauvre John !

Elle leva vers lui ses yeux embués de larmes, mais il ne vit pas son regard. Alors elle abandonna son ouvrage et traversa la pièce en se répétant :

« Je serai la première à dire : « Pardonnez-moi ! »

Mais les mots ne sortaient pas de ses lèvres et John ne les devina pas.

Elle s'approcha de lui, lentement, car son amour-propre la tirait en arrière, mais, même quand elle fut tout près, John ne tourna pas la tête. Pendant une minute, Meg pensa que jamais elle ne pourrait s'astreindre à demander pardon. Elle fit un pas en arrière… puis, brusquement, revenant vers son mari elle se pencha et l'embrassa sur le front.

Il sursauta, mais ce baiser repentant avait plus de valeur qu'une longue phrase et Meg se retrouva assise sur les genoux de John, doucement serrée contre lui, tandis qu'il disait :

— C'était bien vilain de rire de ces petits pots de confiture. Pardonnez-moi, chérie, je ne le ferai jamais plus !

Mais il le fit encore, bien souvent, et Meg aussi, car tous deux finirent par découvrir que c'était la meilleure confiture qui eût jamais existé puisqu'elle avait sauvé la paix du ménage.

Est-il nécessaire d'ajouter que, peu après, Jack Scott fut de nouveau invité chez les

Brooke et que l'accueil reçu fut tel que, lorsque John le reconduisit ensuite, il se lamenta pendant tout le trajet sur les inconvénients de la vie de célibataire.

chapitre 5

La robe de taffetas violet

De nouvelles épreuves et de salutaires expériences attendaient Meg dans les mois qui suivirent…

Elle avait renoué ses relations amicales avec Sallie Moffat, toujours aussi bavarde, élégante et mondaine. Sallie ne manquait jamais une occasion de venir faire un brin de causette chez cette « pauvre chère vieille amie », ni de l'inviter à venir passer la journée dans sa propre demeure qui était immense et fort richement meublée.

Meg s'en réjouissait, car elle se sentait bien souvent solitaire dans l'attente du retour de John qui rentrait assez tardivement le soir.

Les jours de mauvais temps surtout lui paraissaient bien longs, tout entiers passés à lire ou à coudre sans aucune compagnie.

Aussi tout naturellement Meg se trouva entraînée dans le sillage de son amie. À force de voir les jolies choses dont celle-ci s'entourait, l'envie la prenait d'en posséder également et de s'apitoyer sur elle-même de ne pouvoir se les acheter. Très gentiment, Sallie lui offrait souvent quelque babiole enviée, mais Meg refusait toujours sachant que cela déplairait à John.

Connaissant exactement ses revenus, Meg s'était montrée prudente et raisonnable, elle tenait ses livres de compte et les présentait chaque mois, sans aucune crainte. Mais à l'automne, le serpent pénétra dans son paradis et la tenta comme une Ève moderne, non pas avec une pomme, mais avec une robe.

Meg n'aimait pas attirer la pitié. Avouer sa gêne l'humiliait profondément, aussi, de temps en temps, s'achetait-elle quelque colifichet aussi bien pour se consoler que pour faire croire à Sallie qu'elle n'était pas obligée de compter. Elle le regrettait aussitôt après, car les jolies choses sont rarement utiles, mais elles étaient si bon marché qu'il semblait superflu de s'en tracasser. Aussi les petites dépenses augmentèrent-elles sensiblement et désormais, dans ses randonnées à travers les magasins en compagnie de Sallie, Meg ne se contentait plus d'être seulement une passive admiratrice.

Fin septembre, le montant de ses dépenses l'effraya un peu. John, très occupé ce mois-là, ne regarda pas les comptes. Le mois suivant, il était absent, mais en novembre il crut bon de faire une révision générale englobant les trois mois. Meg ne devait jamais oublier cette soirée mémorable. Quelques jours plus tôt elle avait fait, pour la première fois, une grosse dépense. Sallie s'était acheté des soieries et Meg rêvait de l'imiter. N'avait-elle pas réellement besoin d'une robe un peu habillée ? La sienne était bien défraîchie.

Chaque année tante March donnait à ses nièces vingt-cinq dollars pour le Nouvel An, et quand Meg rencontra cet irrésistible taffetas violet, si avantageux, si merveilleusement adapté à ses besoins, il n'y avait plus qu'un mois à attendre. Malheureusement le taffetas coûtait le double ! Était-il raisonnable de sacrifier tant d'argent pour cet achat, qui, somme toute, n'était pas absolument indispensable à la vie du ménage ? Sallie l'y poussait et le marchand, de son côté, faisait valoir les soyeux plis du tissu en assurant :

— C'est une affaire, madame. Vous pouvez me croire, vous ne retrouverez jamais le pareil pour ce prix-là.

La tentation fut plus forte que la capacité de résistance de la pauvre Meg, et finalement elle dit :

— Je le prends.

Le métrage souhaité fut coupé et payé. Sallie se montra satisfaite de cet achat, qu'elle considérait comme une bagatelle sans conséquence, mais Meg quitta la boutique comme si elle venait d'y commettre un vol et que la police fût déjà à ses trousses.

En rentrant chez elle, elle tenta d'apaiser ses remords devant l'armoire à glace de sa chambre en drapant artistement sur elle la ravissante soierie. Mais celle-ci avait déjà perdu beaucoup de son charme, ses plis étaient moins harmonieux et sa couleur moins seyante qu'elle n'avait pensé. Les mots terribles « cinquante dollars » tintaient aux oreilles de Meg, avec une écrasante persistance. Elle rangea le tissu, mais son souvenir la hantait non pas comme la perspicacité alléchante d'une jolie robe à porter bientôt, mais comme le spectre d'une folie impossible à oublier.

Quand John, ce soir-là, regarda ses livres, le cœur de Meg se serra et, pour la première fois dans sa vie de femme, elle eut peur de son mari. Il lui sembla que son chaud regard, si tendre, pourrait se faire sévère en se posant sur elle.

Toutes les factures de fournisseurs étaient réglées, les livres de compte étaient en ordre et John se montrait particulièrement joyeux en félicitant sa femme, puis il tendit la main vers le vieux portefeuille usé qu'ils appelaient « la banque ». Meg savait qu'il n'y restait pas un penny et arrêtant son geste, lui dit nerveusement :

— Vous n'avez pas encore regardé mon carnet de dépenses personnelles !

John ne le lui demandait jamais. Mais Meg insistait toujours pour qu'il le vérifie. Elle s'amusait de son ébahissement masculin devant les extravagances des femmes et prenait plaisir à l'entendre demander quelle pouvait être l'utilité d'un tel assortiment de guimpes et de ruches, à quoi ressemblaient des « pampilles » et comment une petite chose composée de trois roses artificielles, d'un bout de velours et de deux cordons pouvait être une capote valant cinq ou six dollars.

Plus que jamais John semblait ce soir-là disposé à rire de ces fantaisies et à se montrer plein d'indulgence envers sa raisonnable petite femme. Cependant celle-ci prenait tout son temps pour sortir le carnet et l'ouvrir devant lui. Quand il commença à le regarder, elle se tint debout derrière sa chaise et dit, avec un sentiment de panique que chacun de ses mots décuplait :

— John chéri, j'ai honte de vous montrer mes comptes, car j'ai réellement fait une folie. Je sors si souvent, voyez-vous, qu'il me faut bien m'habiller... Sallie m'a conseillé cet achat... et je l'ai fait. L'argent de tante March au Nouvel An en paiera une partie... mais tout de même j'ai des remords... car je sais que vous... ne serez pas d'accord.

John se mit à rire en attirant plus près de lui sa jeune femme.

— Ne vous sauvez pas si loin, lui dit-il, je ne vous battrai pas, si vous vous êtes acheté une paire de souliers. Je suis très fier de vos petits pieds et trouve qu'ils méritent bien d'être chaussés de bottines à huit ou neuf dollars.

Ces bottines avaient été une des précédentes craintes de Meg, mais celle-ci lui paraissait à présent dérisoire auprès des cinquante dollars que l'œil de John allait découvrir au bas de la dernière page.

— C'est pire que cela ! murmura-t-elle, incapable de supporter plus longtemps l'anxiété de cette attente. C'est… une robe de soie !

Et en même temps elle tournait la page et indiquait du doigt la somme fatale, si visible dans la colonne de chiffres.

Il y eut un instant de silence dans la pièce, puis John dit d'une voix calme, mais où Meg sentait l'effort de ne laisser percer aucune désapprobation :

— Eh bien, je ne crois pas que cinquante dollars soient trop pour une robe avec tous ses ornements…

— Elle n'est ni faite, ni garnie, soupira Meg épouvantée à l'idée de ce qu'il faudrait dépenser encore pour transformer cette pièce de taffetas en robe de ses rêves.

— Vingt-cinq mètres de soie me paraissent beaucoup pour couvrir une si petite femme, dit John assez sèchement, mais je sais que la mienne sera encore plus séduisante que celle de Ned Moffat lorsqu'elle sera vêtue de tout ce tissu.

— Je sais que vous êtes fâché, John ! Mais ce n'est pas ma faute ! Je m'efforce d'économiser votre argent, mais je ne peux pas toujours résister quand je vois Sallie s'acheter tout ce dont elle a envie et me plaindre de ne pouvoir en faire autant... J'essaie de ne pas y penser, mais c'est dur... et je suis si lasse d'être pauvre...

Meg aurait mieux fait de se mordre la langue que de laisser échapper ces derniers mots. John repoussa les livres, se leva et dit avec un léger frémissement dans la voix :

— J'ai toujours eu peur de cela, Meg. Pourtant je fais tout ce que je peux.

Son calme bouleversa Meg plus que ne l'auraient fait des reproches même violents. Elle courut vers lui, s'accrocha à son cou et fondit en larmes repentantes.

— Oh ! John, mon cher, mon tendre, mon si courageux John ! Je ne voulais pas vous dire cela ! Ce n'est pas vrai ! Ce serait trop ingrat et trop méchant ! Comment ai-je pu dire une chose pareille ?

John fut très bon, il ne lui fit pas un reproche et lui pardonna immédiatement. Mais Meg savait qu'elle avait fait et dit des choses qui ne seraient pas oubliées de sitôt.

Une semaine de remords la rendit presque malade et, en découvrant que John avait annulé sa commande d'un pardessus d'hiver, elle sombra dans un désespoir affreux qui, pendant une heure, la fit sangloter dans les plis du vieux manteau de son mari.

Le lendemain, elle s'était ressaisie. Mettant son orgueil dans sa poche elle s'en fut trouver Sallie et lui demanda comme une faveur de lui racheter les vingt-cinq mètres de taffetas violet.

Sallie accepta de bon cœur et eut la délicatesse de ne pas lui offrir en cadeau aussitôt après le fameux tissu.

Quand John rentra chez lui ce soir-là, il trouva Meg vêtue du pardessus qu'il avait décommandé et lui demandant avec un gai sourire :

— John chéri, comment me trouvez-vous dans ma nouvelle robe ?

Il est facile d'imaginer la réponse qu'elle obtint, et l'agréable vie de famille qui suivit cette réparation.

Le manteau neuf était enfilé chaque matin par un époux parfaitement heureux et enlevé chaque soir par une tendre épouse, qui ne courait plus les magasins.

Et ainsi s'écoulèrent l'hiver et le printemps. Puis, vint l'été, et Meg fit l'expérience la plus profonde et la plus heureuse dans la vie d'une femme : elle devint mère.

Un certain samedi d'août, Laurie, l'air excité, se glissa furtivement dans la cuisine du « Colombier ». Il fut accueilli à coups de cymbales par Hannah, frappant l'une contre l'autre une casserole et son couvercle.

— Où sont-ils tous ? demanda Laurie. Peut-on voir le bébé ? Et la maman, comment est-elle ?

— Heureuse comme une reine ! Tout le monde est là-haut. Entrez au salon, je vais les avertir.

Et Hannah s'éclipsa avec une agilité qu'elle semblait avoir perdue depuis longtemps.

Un instant plus tard, Jo apparut, portant fièrement, posé sur un large oreiller, un paquet enveloppé de linges blancs. Sa figure était grave, mais ses yeux brillaient et sa voix tremblait comme sous le coup d'une émotion difficilement réprimée. Tout le reste de la famille se tenait derrière elle, mais avant que Laurie ait eu seulement le temps de dire bonjour, Jo lui cria :

— Fermez les yeux et tendez les bras !

Laurie se rejeta précipitamment dans un angle de la pièce et croisa ses mains derrière son dos, en implorant :

— Non ! Je vous en supplie ! Ne me le donnez pas, je vais le laisser tomber et le réduire en miettes. Sûr et certain !

— Alors, vous ne verrez pas votre neveu ! affirma Jo faisant mine de se retirer.

— Si, passez-le-moi ! Mais vous serez responsable des dégâts !

Obéissant aux ordres reçus, Laurie, héroïquement, baissa les paupières et sentit que l'on déposait sur ses bras tendus un objet lourd et encombrant.

Jo, Amy, Mme March, Hannah et John éclatèrent d'un rire sonore et Laurie ouvrit les yeux : il découvrit alors ses bras chargés non pas d'un bébé, mais de deux.

Son ahurissement était si drôle que les rires redoublèrent et que Jo en tomba assise sur le plancher.

— Des jumeaux ! s'écria Laurie, et ce fut tout ce qu'il put dire pendant un long moment.

Puis, se tournant avec un regard suppliant et comiquement piteux, il ajouta :

— Enlevez-les vite, par pitié ! Si je me mets à rire je vais les laisser choir !

John s'élança au secours de sa progéniture et arpenta le salon, tenant un poupon dans chacun de ses bras, tandis que Laurie riait au point d'avoir des larmes ruisselant sur ses joues.

— Montrez-les-moi encore, réclama-t-il enfin. Sont-ce des garçons ?

— Garçon et fille, répondit l'heureux père. N'est-ce pas qu'ils sont beaux ?

— Je n'en ai jamais vu de plus réussi ! affirma Laurie examinant les petits prodiges. Lequel est lequel ?

— Il n'y a pas à se tromper, répondit Jo. Amy a attaché un ruban bleu au poignet du garçon et un rose à celui de la fille, à la mode française. Et puis, l'un a les yeux marron et l'autre les a bleus. Embrassez-les, oncle Teddy !

— J'ai peur qu'ils n'aiment pas ça ! souffla Laurie avec une timidité bien étonnante chez lui.

Mais Jo insista tant que Laurie dut s'exécuter. Il becqueta délicatement chacune des quatre petites joues. Ce qui déclencha la colère de l'un des nourrissons.

— C'est le garçon ! s'écria Laurie, tout réjoui d'avoir reçu en pleine figure le choc d'un petit poing sans force.

— C'est John-Laurence, dit Amy, très gonflée de son nouveau rôle de tante, et Jack dans l'intimité. Quant à la fille, elle s'appelle Margaret comme sa mère et sa grand-mère, mais pour nous ce sera Daisy.

— J'aime bien Daisy, fit Laurie, mais pas Jack. Vous devriez l'appeler Demi-John et Demi tout court comme diminutif.

— Daisy et Demi ! Bravo ! s'écria Jo battant des mains. Je savais bien que Teddy trouverait le nom qu'il fallait.

Et certainement Teddy pour cette fois était tombé juste, car les bébés furent appelés Daisy et Demi jusqu'à un âge fort avancé.

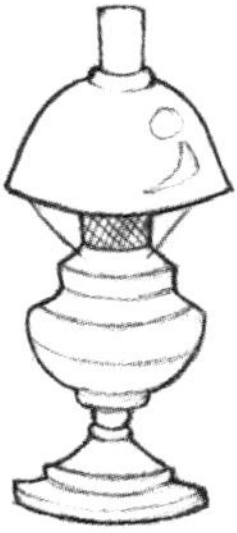

Chapitre 6

Mondanités

— Il est l'heure, Jo. Es-tu prête ?

— Prête à quoi ?

— Tu ne vas pas me dire que tu as oublié ta promesse…

— Quelle promesse ?

— De venir avec moi cet après-midi, rendre une demi-douzaine de visites indispensables.

— J'ai dit beaucoup de choses absurdes dans ma vie, riposta Jo, mais n'ai pu promettre de faire six visites le même jour quand une seule suffit à me rendre malade pendant un mois.

— Tu es de mauvaise foi, Jo. Tu m'as promis de m'accompagner si je te donnais le portrait que j'ai fait de Beth.

— Oui, mais j'ai accepté à la condition qu'il ferait beau, Amy. Regarde ces nuages, un orage épouvantable se prépare.

— Ne dis pas de bêtises. Il fait un temps superbe. Tiens ta promesse et je te laisserai la paix pendant six mois.

Jo détestait les visites officielles et ne s'y résignait que contrainte et forcée par quelque astuce de sa sœur. Cette fois, il n'y avait pas moyen d'y échapper. Abandonnant son ouvrage, Jo attrapa son chapeau et ses gants et annonça à Amy que la victime était prête pour le sacrifice.

— Jo March ! s'écria Amy en la regardant avec ébahissement, vous seriez capable de mettre un saint en colère ! Tu n'as tout de même pas l'intention de faire des visites dans cette tenue ?

— Pourquoi pas ? Je suis propre et cette robe est légère. Tout à fait ce qu'il convient de porter par cette chaleur. Si les gens attachent plus d'importance à mes vêtements qu'à ma personne, je ne tiens pas à les voir…

— Oh ! Jo, se récria Amy, si seulement tu acceptais de t'habiller proprement, je serais capable de faire n'importe quoi pour toi. Cela ne m'amuse pas non plus, de faire ces visites, et je redoute de les faire toute seule. Ne m'abandonne pas ! Fais-toi belle et prends ton plus beau sourire, tu peux avoir l'air si chic et parler si bien, quand tu veux t'en donner la peine.

Jo se mit à rire.

— Tu es capable de tous les mensonges pour obtenir ce que tu désires ! lança-t-elle. Je me demande s'il est plus absurde de dire que tu as peur d'aller seule dans le monde, que de prétendre que je peux, moi, avoir l'air aristocratique et distinguée.

Jo riait comme une folle en prononçant ces mots, puis, recouvrant son sérieux, elle annonça, passant subitement de l'insubordination la plus totale à une docilité de mouton :

— Je ferai ce que tu voudras, après tout ! Mais tu seras le chef de l'expédition et je t'obéirai aveuglément !

— Tu es un ange, Jo. Va vite mettre ta plus belle robe, et je t'expliquerai comment te tenir dans chaque maison afin de donner la meilleure impression possible.

Les deux sœurs montèrent se préparer.

Jo poussa trois énormes soupirs avant de mettre sa crinoline, contempla longuement d'un air dégoûté sa jolie robe d'organdi avant de se résigner à l'enfiler, puis, s'approchant à contrecœur de la glace, s'y regarda d'un air sombre tout en ajustant les rubans de sa capeline en un nœud irréprochable, juste sous son menton. Avec une horrible grimace, elle se choisit un mouchoir brodé dont elle détestait le contact sur son visage, enfila, en tirant affreusement la langue, d'étroits gants ornés de quatre boutons et un pompon, puis, allant se planter devant sa sœur, elle lui dit de son air le plus idiot :

— Je me sens parfaitement grotesque dans cette tenue, Amy, mais si tu me trouves présentable, je mourrai heureuse...

— Tu es très bien, affirma Amy, avec une satisfaction non feinte. Tourne-toi lentement !

Jo pivota sur ses talons tandis qu'Amy, la tête légèrement penchée de côté, appréciait le résultat de ses efforts.

— Il n'y a rien à redire. Tu es admirablement bien coiffée et cette capeline garnie de roses te va à merveille. Tiens tes épaules droites, donne un peu d'aisance à tes bras. Si tes gants te gênent, n'y fais pas attention... Je vais te prêter mon ombrelle blanche et nous passerons chez Meg lui emprunter la sienne. Elle est bleu pâle et ira très bien avec ma robe. Est-ce que la pointe de mon mantelet tombe juste au milieu de mon dos ? Ma robe est-elle bien relevée ? J'aime montrer mes chaussures, car mes pieds sont jolis quoique mon nez ne le soit pas !

— On te prendrait pour une gravure de mode ! affirma Jo, glissant un regard admiratif depuis la longue plume bleue caressant la joue de sa sœur, jusqu'aux bouillonnés ornant le bas de sa jupe. S'il vous plaît, madame, pourriez-vous me dire si je dois laisser ma belle robe traîner dans la poussière ou la porter sur mon bras ?

— Relève-la légèrement dans la rue, du bout des doigts, mais laisse-la tomber quand tu seras à l'intérieur. Les robes longues te vont très bien et il faut que tu apprennes à les porter… Tu n'as pas fini de boutonner ta manchette. Tu n'auras jamais l'air soignée si tu négliges les petits détails.

Jo soupira et arracha un bouton de son gant en essayant d'attacher ceux de son poignet. Mais finalement, les deux sœurs furent prêtes et s'en allèrent, « belles comme des images », affirma Hannah en les regardant s'éloigner par la fenêtre de la cuisine.

Meg, un poupon sur chaque bras, inspecta longuement ses cadettes, se déclara satisfaite et leur prêta son ombrelle bleu pâle. Enfin les deux élégantes se mirent en route pour la tournée des visites.

— Les Chester, commença Amy, jouant son rôle de mentor, se considèrent comme de la plus parfaite élégance. Devant eux, soigne ton maintien. Ne te laisse pas aller à des bizarreries déplacées ou à des réflexions insolites. Sois calme, correcte et paisible. Tu peux bien te forcer à cela pendant un quart d'heure.

— Oui, fit Jo. Je vais te montrer combien j'ai de puissance sur moi-même. Je te promets d'être calme et correcte.

Amy, soulagée, respira. Mais Jo se fit un malin plaisir de prendre ses recommandations au pied de la lettre. Pendant tout le temps de la visite, elle demeura assise, chaque pli correctement drapé autour de ses membres gracieusement disposés. Calme comme une mer d'été, muette comme une carpe et froide comme un glaçon. Ce fut en vain que Mme Chester et ses filles essayèrent de lui parler théâtre, opéra, pique-niques et modes. Elle ne répondit que par de gracieuses inclinations de tête, des « oui » ou des « non » polis et des sourires figés. Les muettes invitations d'Amy pour la faire parler et ses discrets coups de pied sous sa chaise demeurèrent sans succès.

Sitôt qu'elles se retrouvèrent seules dans la rue, Amy, écœurée, réprimanda sa sœur :

— Être calme ne veut pas dire prendre l'allure d'un mollusque sur un rocher ! Essaie d'être plus sociable chez les Lamb. Bavarde comme le font les autres jeunes filles. Aie l'air de t'intéresser aux toilettes, aux flirts et à toutes les stupidités qui viendront dans la conversation. Les Lamb fréquentent la meilleure société, il est intéressant pour nous d'être reçues chez eux et je ne voudrais pour rien au monde leur donner une mauvaise impression.

— Je serai aimable et causante. Je pousserai des cris de joie ou d'admiration à toutes les bêtises qui seront dites devant moi. Je me conduirai comme un parfait modèle de la jeune fille charmante. Ce ne sera pas difficile maintenant, car j'ai un exemple à imiter : May Chester.

Lorsque Jo était d'humeur à plaisanter, personne au monde ne savait jusqu'où elle irait, aussi en arrivant chez les Lamb Amy ne se sentait pas très rassurée. Elle s'étonna de voir Jo pénétrer dans le salon, avec un gracieux sourire aux lèvres, embrassant toutes les jeunes filles avec effusion, s'inclinant devant les jeunes gens et se mêlant à la conversation.

Puis Amy fut accaparée par Mme Lamb et il lui fut impossible de faire autre chose que de suivre sa sœur du regard. Elle ne tarda pas à éprouver de grandes inquiétudes : Jo semblait poussée par un esprit malin et bavardait avec autant de volubilité que Mme Lamb elle-même. Un cercle se formait autour de cette remarquable visiteuse, et Amy tendait l'oreille pour entendre quels discours pouvaient lui attirer autant d'admirateurs. On peut imaginer sa souffrance lorsque, étant parvenue à se rapprocher suffisamment, elle put saisir ces quelques phrases que Jo débitait avec une gaieté de mauvais aloi :

— Oh ! Non, personne ne lui a appris à monter à cheval. Amy s'est exercée toute seule avec une vieille selle posée sur une branche. Maintenant, les jockeys lui confient leurs chevaux pour les habituer à être montés en amazone… Elle a une véritable passion pour l'équitation… Elle pourrait gagner sa vie en se consacrant au dressage des chevaux…

Cet horrible discours bouleversa Amy. Pour rien au monde elle n'aurait voulu passer pour une jeune fille dévergondée, mais que pouvait-elle faire ? La vieille Mme Lamb n'en était encore qu'à la moitié de son histoire, l'interrompre eût été une impolitesse monstrueuse. Le supplice d'Amy se prolongea, cependant la conversation dévia. Il ne fut bientôt plus question de chevaux, mais de toilettes. La jeune fille reprit espoir, mais son soulagement fut de courte durée : une des jeunes dames parla d'une récente soirée et vanta l'élégance d'Amy.

— C'était le jour où elle avait ses souliers bleus ! s'écria Jo en étouffant un petit rire. Elle ne vous a pas raconté l'histoire de ses souliers ?... Figurez-vous qu'elle n'en avait pas d'assortis à sa robe. Alors elle a tout simplement pris sa vieille paire de souliers blancs défraîchis et les a peints... Cette petite est d'une adresse remarquable, on aurait juré du satin !

— C'est vraiment une idée originale ! s'exclama la jeune Miss Lamb, qui trouvait Jo pleine d'esprit.

Toutefois Amy ne partageait pas son opinion et, en ce moment même, avait bien du mal à réprimer son envie de jeter son réticule à la tête de sa sœur.

L'aînée des demoiselles Lamb, sensible à ce que cette conversation pouvait avoir de déplaisant pour Amy, la détourna en disant :

— Nous avons lu, l'autre jour, une de vos nouvelles, mademoiselle March, elle nous a beaucoup plu. Nous ne savions pas que vous aviez tant de talent…

Hélas ! Elle ignorait que toute allusion à ses « œuvres » avait un très mauvais effet sur Jo, qui se redressa d'un air offensé et coupa brièvement :

— Je regrette que vous n'ayez rien de mieux à lire. J'écris ces bêtises parce qu'elles plaisent à la masse et se vendent bien.

À peine Jo eut-elle laissé échapper sa phrase, qu'elle se rendit compte combien elle était malheureuse, mais elle eut peur d'aggraver les choses en cherchant à les arranger et, se souvenant que c'était à elle de donner le signal du départ, elle le fit aussitôt d'une façon si brutale qu'elle coupa la parole à trois personnes en même temps.

— Amy, il nous faut partir !

Puis, minaudant gracieusement, elle ajouta :

— Au revoir, chère, venez nous voir. Nous soupirons après les visites… Je n'ose pas vous inviter, monsieur Lamb, mais si vous daigniez venir, je ne crois pas que j'aurais le cœur de vous renvoyer.

Les phrases coulaient aisément de sa bouche, imitant si parfaitement et si comiquement le genre précieux et affecté de May

Chester, qu'Amy quitta la pièce aussi vite que possible, partagée entre l'envie de rire et celle de pleurer.

— N'est-ce pas que je fais ça bien ? interrogea Jo, en s'éloignant derrière sa sœur, la mine épanouie.

— Rien n'aurait pu être pire ! fut la réponse cinglante d'Amy. Qu'est-ce qui t'a poussée à raconter ces histoires ridicules sur ma selle et mes souliers ? Et tout le reste ?

— Quoi ? Cela ne t'a pas plu ? C'est drôle et ça amuse les gens. Ils savent que nous ne sommes pas riches et il est inutile de parler de nos valets, de laisser croire que nous achetons quatre chapeaux par saison…

— Il n'est pas non plus nécessaire de leur raconter nos petits trucs et d'étaler notre pauvreté à leurs yeux. Tu n'as pas une miette d'amour-propre et tu n'apprendras jamais à tenir ta langue !

La pauvre Jo, confuse, frotta son mouchoir brodé sur l'extrémité de son nez en signe de pénitence, puis, s'apercevant qu'elles étaient presque arrivées à la porte des Brown :

— Comment devrai-je me tenir ici ? demanda-t-elle.

— Comme tu voudras ! Je m'en lave les mains !

— Alors, je vais m'amuser ! riposta Jo, plus vexée qu'elle ne voulait le paraître de son précédent échec. Les fils doivent être là et j'en profiterai ! Dieu sait que je mérite bien cette compensation après tous ces assauts d'élégance.

L'accueil enthousiaste de trois jeunes gens et de plusieurs enfants adoucit la mauvaise humeur de Jo qui, abandonnant sa sœur au groupe honorable des adultes, se consacra aux jeunes et retrouva promptement sa gaieté coutumière.

Amy ne s'en plaignit pas. M. Tudor se trouvait là, en visite chez les Brown, et Amy éprouvait pour la famille Tudor entière un profond respect. Un oncle Tudor avait épousé une Anglaise, cousine au troisième degré d'un lord authentique. Bien qu'Américaine de naissance, Amy ne pouvait pas ne pas être sensible à l'honneur de fréquenter un allié – même lointain – de la haute noblesse britannique. Mais ce sentiment de fierté ne l'autorisait pas à oublier l'heure. Aussi, quand le nombre exact de minutes admis pour une visite fut ponctuellement écoulé, Amy s'arracha aux charmes de cette aristocratique société et se mit à la recherche de Jo. Redoutant le pire, elle souhaitait avec ferveur ne pas découvrir son incorrigible sœur dans une situation capable de jeter le discrédit sur le nom des March. Elle avait raison de craindre…

Entourée d'une bande de garçons, Jo était assise sur l'herbe, un chien aux pattes sales se tenait couché sur sa robe d'organdi, tandis qu'elle racontait devant un auditoire admiratif une des récentes plaisanteries de Laurie. Un petit garçon, trop jeune pour s'y intéresser, s'amusait à taquiner une tortue du bout de la précieuse ombrelle blanche d'Amy ; un autre, penché par-dessus les roses de la capeline de Jo, dégustait une tranche de pain d'épice ; un troisième jouait à la balle avec ses gants. Mais tous étaient parfaitement heureux et quand Jo eut récupéré ses accessoires plus ou moins endommagés, la bande l'accompagna jusqu'à la rue, en la suppliant de revenir.

— Je me sens beaucoup mieux ! affirma Jo, s'éloignant à la suite de sa sœur, les bras derrière son dos, autant par habitude que par souci de cacher l'ombrelle tachée de boue.

— Pourquoi cherches-tu toujours à éviter M. Tudor ? interrogea Amy, s'épargnant sagement tout commentaire sur la conduite de sa sœur.

— Je ne l'aime pas, il a l'air poseur.

— Tu pourrais au moins le traiter poliment. Tu l'as salué d'un simple signe de tête et fait un délicieux sourire à Tony Chamberlain, dont le père est épicier. Le contraire aurait été parfait.

— Non. Je n'ai aucune estime pour ton Tudor, tandis que Tony est un brave garçon. Je les salue comme ils le méritent.

— Il est inutile de discuter si tu ne veux pas comprendre, marmonna Amy se renfermant dans un silence hostile.

Les King – la quatrième visite prévue – étant absents, les deux sœurs se contentèrent de laisser leurs cartes et Jo poussa un second soupir de soulagement en apprenant devant la cinquième maison que les jeunes filles étaient en voyage.

— Maintenant, rentrons, lança Jo, et tant pis pour tante March ! Nous pouvons aller la voir n'importe quand, et il serait stupide de nous traîner chez elle avec tous ces falbalas, au risque de les défraîchir encore davantage.

— Tante aime que nous lui fassions des visites en falbalas, comme tu dis. C'est peu de chose et ça lui fait plaisir, et pour ce qui est de leur fraîcheur… permets-moi de te dire que les chiens et les garçons sont plus à craindre que tante March. Baisse-toi un instant, que j'enlève les miettes sur ton chapeau.

— Tu es une bonne fille, Amy, murmura Jo comparant d'un regard plein de repentir les vêtements intacts de sa sœur et les siens assez défraîchis.

Tante Carrol était chez tante March, absorbée dans une très intéressante conversation, qu'elle interrompit sitôt l'arrivée de ses nièces. Celles-ci en conclurent qu'il était certainement question d'elles.

Jo, encore sous le coup de cette pénible journée, était d'une humeur massacrante. Amy, au contraire, consciente d'avoir fait son devoir, se sentait légère et enjouée. Cette double attitude impressionna, à leur insu, les vieilles dames.

— Comptez-vous participer à la vente de charité, ma chérie ? questionna Mme Carrol, tandis qu'Amy s'asseyait à son côté avec cette mine confiante et soumise que les gens âgés aiment tellement rencontrer chez les jeunes.

— Oui, ma tante, Mme Chester m'a demandé de tenir un comptoir.

— Je me demande pourquoi tu l'as accepté, grommela Jo, Mme Chester avec ses airs de « vous faire l'honneur de vous inviter » ne cherche qu'à exploiter les gens.

— Le but de la vente est intéressant, si les Chester ne le sont pas, répliqua Amy, et, de toute façon, je compte bien m'y amuser !

Tante March donna raison à Amy, tandis que Jo, assise à l'autre extrémité de la pièce, se balançait dans un rocking-chair d'un air maussade.

Si Jo avait pu savoir qu'à ce même moment, sa tante Carrol réservait une grande joie à l'une de ses nièces et cherchait à décider laquelle des deux en profiterait, il est certain qu'elle aurait instantanément changé d'attitude et paré ses lèvres de son plus délicieux sourire. Mais Jo n'en savait rien et les rares paroles qu'elle prononça ce soir-là devaient la priver de plusieurs années de bonheur…

— Je déteste les faveurs, lança-t-elle. Elles m'oppressent et me donnent l'impression d'être une esclave. Je préfère me passer de bien des choses et conserver mon indépendance.

— Ahum ! toussota discrètement tante Carrol en lançant un regard significatif à tante March, avant de se tourner vers Amy.

— Parlez-vous le français, chérie ? demanda-t-elle.

— Assez bien, grâce à tante March qui m'a permis de parler avec Esther autant que je voulais.

Et Amy accompagna sa réponse d'un regard reconnaissant qui alla droit au cœur de la vieille dame.

— Et vous, Jo ?

— Pas un mot ! Je trouve cette langue inconsistante et stupide !

Un nouveau regard plein de sous-entendus fut échangé entre les deux vieilles dames et Mme Carrol reprit, s'adressant encore à Amy :

— Vous êtes tout à fait en bonne santé maintenant, n'est-ce pas, ma chérie ? Vous ne souffrez plus des yeux ?

— Plus du tout, merci. Et j'en suis contente, car j'espère travailler beaucoup cette année. Je voudrais apprendre encore tant de choses avant d'aller à Rome... si jamais cette joie m'est donnée !

— Vous la méritez, rit tante March caressant d'une main amicale la chevelure de la jeune fille. Et je suis sûre qu'un jour vous irez...

Chapitre 7

La vente de charité des Chester

La vente de charité organisée par Mme Chester avait une telle réputation de select élégance que toutes les jeunes filles du voisinage considéraient comme un grand honneur d'être admises à y tenir un comptoir.

Amy fut donc très flattée de s'y voir invitée et son plaisir se prolongea jusqu'à la veille de cette fête. Mais ce jour-là, les choses se gâtèrent.

May Chester avait toujours été jalouse des succès mondains d'Amy et ce sentiment s'était récemment accru de quelques griefs particuliers : le premier était de voir les œuvres artistiques de son amie éclipser ses décorations sur vases; le second, que le jeune et conquérant Tudor avait, au dernier bal, dansé une seule fois avec elle et quatre fois avec Amy. Le troisième grief, infiniment plus ulcérant que tous les autres réunis, était un bruit, complaisamment colporté jusqu'à ses oreilles, selon lequel les filles March se seraient moquées d'elle chez les Lamb.

Jo était seule responsable de cette inconvenance, car son méchant pastiche était trop réussi pour n'avoir pas été rapidement identifié, et les Lamb s'étaient plu à donner une certaine publicité à cette plaisanterie.

La coupable, toutefois, n'en savait rien. Sa sœur, pas davantage, et l'on peut imaginer le désarroi de celle-ci lorsque, le dernier soir avant la vente, tandis qu'elle achevait l'installation de son ravissant comptoir, Amy vit s'avancer vers elle Mme Chester et l'entendit lui dire d'une voix faussement aimable, accompagnée d'un regard glacial :

— Je crains, ma chère, d'avoir suscité une certaine jalousie parmi les vendeuses en vous confiant ce comptoir qui est le plus en vue et le plus achalandé de toute la salle. Il revient de droit à mes filles, à qui je vous demanderai de bien vouloir le laisser. Je suis désolée pour vous, mais vous sais trop sincèrement dévouée à notre cause pour attacher une importance excessive à cette petite déception personnelle. Je vous donnerai un autre comptoir, si vous le désirez.

En prenant fait et cause pour sa fille, Mme Chester avait pensé qu'il lui serait facile de débiter ce petit discours. Mais le regard confiant d'Amy, posé droit dans le sien, lui rendit la chose difficile, et son ton manquait de naturel.

Amy soupçonna que ces paroles cachaient quelque secrète vengeance, mais ne pouvant deviner laquelle, elle se contenta de répondre sobrement et sans chercher à dissimuler sa déception :

— Peut-être estimeriez-vous préférable que je ne sois à aucun comptoir ?

— Mais non, chère amie. Ne voyez là qu'une concession utile à la bonne entente générale et ne m'en veuillez pas. Je vous suis, au contraire, très reconnaissante d'avoir si bien arrangé cette table et pense que vous y seriez tout à fait à votre place. Mais il vaut mieux que vous la cédiez à May, croyez-moi. Voulez-vous vous occuper des fleurs ? J'ai confié ce rayon aux petites filles et elles me paraissent déjà débordées. Vous pourriez faire quelque chose de charmant avec leur comptoir, et les fleurs attirent toujours beaucoup de monde.

— Surtout les jeunes gens, insinua May avec un sourire narquois, qui éclaira Amy sur l'une des causes de sa disgrâce.

Celle-ci rougit un peu, mais se força à répondre avec une remarquable amabilité :

— Je ferai ce que vous voudrez, madame Chester, et m'occuperai des fleurs si vous le désirez.

May en éprouva un léger sentiment de gêne au fond de sa conscience et, regardant les jolis bibelots, les coquillages décorés et les gracieuses enluminures qu'Amy avait si soigneusement exécutés pour cette vente et si artistement disposés, elle reprit, désireuse de consoler un tant soit peu sa rivale :

— Vous pouvez emporter vos objets et les mettre sur votre nouvelle table, si vous le désirez.

Mais Amy interpréta mal le sens de sa phrase, et s'écria avec vivacité :

— Oh ! Bien sûr ! Je ne voudrais surtout pas qu'ils vous encombrent !

Et raflant prestement toutes ses affaires, elle les jeta pêle-mêle dans son tablier et s'éloigna avec le sentiment qu'elle-même et ses œuvres d'art venaient de subir un impardonnable affront.

— Oh ! Elle est folle ! se récria May, découvrant avec consternation tous les emplacements désormais vides sur sa table. Je n'aurais jamais dû vous dire de lui demander cela, maman !

— Bah ! C'est sans importance ! lança négligemment Mme Chester, bien qu'elle se sentît un peu honteuse de son propre rôle dans cette affaire.

Les petites filles aux fleurs accueillirent Amy et ses trésors avec enthousiasme. Mais leurs démonstrations joyeuses furent incapables de réconforter la pauvre victime des Chester et leur bonne volonté ne lui fut d'aucune aide dans l'aménagement de son nouveau comptoir.

Il était tard. Amy se sentait fatiguée et découragée. Elle se tapa sur les doigts avec le marteau, renversa de l'eau sur l'une de ses aquarelles, et prit froid en travaillant dans un courant d'air. Elle rentra chez elle complètement à bout de nerfs et raconta ses malheurs devant sa famille assemblée.

Ce fut un tollé d'indignation : Beth déclara qu'elle ne mettrait pas les pieds à cette vente, et Jo lui demanda violemment pourquoi elle ne plantait pas là ces gens mesquins.

— Ce n'est pas une raison parce qu'ils le sont, pour que je le sois aussi, rétorqua dignement Amy. J'ai des raisons d'être froissée, mais je n'ai pas l'intention de le laisser voir. Je pense que ce sera une meilleure leçon pour eux que si je me permettais des paroles violentes ou des gestes de colère.

— Vous avez tout à fait raison, ma chérie, approuva Mme March, répondre à un coup par un baiser est toujours la meilleure tactique. Bien que, ajouta-t-elle du ton de quelqu'un qui a déjà fait cette dure expérience, ce ne soit pas toujours facile, ni agréable...

Le lendemain, Amy s'efforça de mettre en pratique ses bonnes résolutions et de conquérir ses ennemies par sa gentillesse.

Dans le courant de la matinée, elle entendit un groupe de jeunes filles parler de changement de vendeuses et, parmi elles, May, d'un ton désolé, se lamentait :

— C'est affreux ! Ce comptoir était si bien garni et il n'a plus l'air de rien maintenant !

— Si vous demandiez à Amy, suggéra l'une des jeunes filles, peut-être accepterait-elle de vous rapporter quelques objets ?

— Comment pourrais-je, après cette histoire..., commença May.

Mais elle n'acheva pas la phrase, car la voix d'Amy s'éleva du fond du hall, disant gentiment :

— Vous n'avez même pas besoin de me le demander, May. Si cela peut vous faire plaisir, je vous les rendrai très volontiers. Ils n'ont aucune raison d'être sur ma table et je m'excuse de les avoir repris un peu trop vivement hier...

Tout en parlant, Amy apportait son lot d'objets avec un sourire affable. Elle s'en retourna immédiatement après, trouvant plus facile d'avoir un geste généreux que de demeurer sur place à en attendre des remerciements.

— Oh ! Comme c'est gentil de sa part ! se récria l'une des jeunes filles.

La réponse de May ne parvint pas jusqu'aux oreilles d'Amy, mais elle entendit distinctement la remarque d'une jeune dame, dont l'humeur s'était sans doute aigrie à préparer trop de limonade, et qui susurrait distinctement :

— Très gentil ! Mais elle savait bien qu'elle ne les aurait pas vendus !

Pendant quelques minutes, Amy souffrit profondément de voir la vertu si mal récompensée, pourtant, loin de regretter son geste, elle y découvrit une saveur satisfaisante qui l'aida à voir les choses sous un meilleur jour. Son moral s'en trouva grandement amélioré et elle parvint même à le maintenir en bonne forme tout au long de cette interminable journée, si dure pour elle.

En plein mois de juillet, ses fleurs attiraient peu de clients et la chaleur faisait lamentablement pencher ses bouquets. Bien avant le soir, ils étaient déjà invendables.

Devant elle, à l'autre extrémité du hall, le comptoir artistique retenait une foule nombreuse et Amy eut tout loisir, dans son coin déserté même par les petites filles, de déplorer son expulsion. À ce cuisant regret s'ajoutait la crainte puérile, mais très réelle, d'être découverte dans cette humiliante solitude par des amis et connaissances qu'elle aurait tant voulu éblouir par ses succès.

Elle ne rentra chez elle qu'à la nuit tombée, parfaitement maîtresse d'elle-même, mais si pâle que sa famille comprit que l'épreuve n'était pas achevée. Amy, très dignement, ne se plaignit de rien et garda le silence sur sa bonne action. Respectant sa réserve, personne ne chercha à la questionner, mais tous se multiplièrent pour lui être agréables et, le lendemain, sitôt qu'elle fut partie pour le second et dernier jour de vente, Jo se précipita dans le jardin des Laurentz. Comme elle le souhaitait, elle y rencontra Laurie et, avec une fougue très fraternelle, lui fit part de toutes les humiliations subies par sa sœur.

Laurie épousa sa cause avec chaleur.

— J'emmène là-bas une bande d'amis, s'écria-t-il, et que je sois pendu s'ils ne lui achètent pas toutes ses fleurs jusqu'à la dernière feuille et ne campent ensuite devant son comptoir !

— Amy a dit que ses fleurs étaient fanées et ne sait pas quand arrivera la prochaine livraison. Sans être méchante, ajouta Jo, d'une voix dégoûtée, je dirais même que, vraisemblablement, elle n'arrivera jamais.

— Pourquoi n'en avez-vous pas demandé à mon jardinier ?

— Je ne voudrais déranger personne !

— Oh ! Jo, vous savez bien que vous ne dérangez jamais ! Ces fleurs ne sont-elles pas à vous autant qu'à moi ? Comme tout ce qui est ici…

La conversation prenant un tour que Jo souhaitait par-dessus tout éviter, elle s'enfuit en criant :

— Adieu, Laurie ! Je suis très occupée !… Merci mille fois pour Amy !

Ce petit complot réussit à merveille et le comptoir de la pauvre Amy fut admirablement approvisionné d'une quantité de fleurs fraîches et d'un ravissant panier préparé d'avance pour en décorer dignement le centre.

La famille March se rendit en masse à la vente et stationna aux abords de la table fleurie tandis que Jo, se surpassant, retenait les visiteurs par sa brillante conversation, les faisait rire de ses bévues et admirer le goût avec lequel Amy avait disposé ses bouquets.

Laurie et sa bande vinrent ensuite, galamment, se jeter dans la brèche, achetant toutes les fleurs, obstruant les abords du comptoir et faisant de ce coin du hall l'endroit le plus animé et le plus brillant de toute la salle.

Replongée dans son élément et débordante de gratitude, Amy, plus gracieuse et enjouée que jamais, acheva de se convaincre que la vertu porte en soi sa récompense.

Profitant de cette affluence, Jo se lança à travers le hall, l'oreille tendue aux moindres commérages, et apprit ainsi comment sa sœur avait rendu à May tous les objets enlevés la veille. Par le même procédé, elle recueillit plusieurs échos relatifs au changement de vendeuses, généralement jugé assez sévèrement. Elle se reprocha tout bas de partager cette sévérité, mais il lui était plus facile de pardonner les offenses qui lui étaient faites personnellement que celles atteignant sa famille. Puis, elle s'en fut flâner du côté du fameux comptoir artistique. Elle n'y trouva aucune des œuvres de sa sœur.

« On les a fait disparaître », se dit-elle, avec un sentiment d'animosité accrue.

— Bonsoir, Miss Jo, lui dit aimablement May désireuse de se montrer, elle aussi, sans rancune. Comment les affaires marchent-elles pour Amy ?

— Elle a vendu tout ce qu'elle avait de vendable et même au-delà... Maintenant elle s'amuse. Les fleurs attirent toujours beaucoup de monde. Surtout les jeunes gens !

Jo n'avait véritablement pas pu retenir cette petite pique au passage... Mais elle la regretta en voyant May l'encaisser en silence. Pour se punir elle-même, elle s'obligea à vanter la beauté de deux grands vases invendus. Puis, anxieuse de connaître le sort réservé aux articles de sa sœur, elle questionna :

— Est-ce que les enluminures d'Amy sont ici ? J'ai décidé d'en acheter une pour l'offrir à papa.

— Toutes les affaires d'Amy sont vendues depuis longtemps ! lui annonça May en souriant. Je me suis arrangée pour les montrer aux gens compétents et elles ont fait une jolie somme.

Pleine de joie, Jo retourna porter ces bonnes nouvelles à sa sœur qui se réjouit surtout d'apprendre le revirement de May. Elle se tourna vers Teddy et sa bande.

— Maintenant, messieurs, leur dit-elle, il s'agit de faire votre devoir à l'égard des autres vendeuses comme vous l'avez fait pour moi. En commençant par May, évidemment !

La phalange dévouée se dirigea immédiatement vers ce nouvel objectif, tandis qu'Amy soufflait à l'oreille de Laurie :

— Achetez-lui ses horribles vases !

Non seulement Teddy les acheta, mais il arpenta le hall en en tenant un sous chaque bras. Ses amis se ruèrent à l'assaut de toutes sortes de bibelots inutiles et on les vit ensuite errer d'un air misérable, avec des charges d'éventails peints, de fleurs de cire, de portefeuilles à filigranes et autres inutilités dont ils ne sauraient évidemment jamais que faire.

Tante Carrol était là. Elle apprit la conduite d'Amy, en parut satisfaite et, prenant à part Mme March, lui glissa quelques mots à voix basse dont l'effet immédiat fut d'amener un sourire radieux sur les lèvres de sa confidente. Mais personne ne fut admis à connaître le secret de cette conversation.

La vente fut finalement un triomphe. Jo, très fière de la patience et de la générosité dont sa sœur avait fait preuve, lui affirma de son ton le plus prophétique :

— Il est impossible qu'un jour ou l'autre tu ne sois récompensée d'une aussi belle conduite… Ce jour-là, crois-le bien, je serai la première à m'en réjouir !

Mais, hélas ! lorsque, une semaine plus tard, ce beau jour arriva, la pauvre Jo eut bien du mal à se réjouir de la joie de sa sœur.

Cela se passa un matin où Jo, auprès de sa mère, se livrait à quelques menus raccommodages. Beth entra et annonça :

— Une lettre pour Mme March !

Tandis que celle-ci la lisait, une joie si manifeste se répandait sur son visage, que ses filles lui demandèrent quelle bonne nouvelle lui arrivait.

— C'est tante Carrol qui m'écrit, répondit Mme March. Elle va partir pour l'Europe et voudrait…

— Que je l'accompagne ! s'exclama Jo en bondissant hors de son fauteuil dans un irrépressible élan de joie qui envoya rouler sur le tapis toutes les bobines de son panier à ouvrage.

— Non, chérie. Pas vous. C'est Amy qu'elle réclame.

— Pourquoi Amy ? Elle est trop jeune, maman. C'est moi qui dois partir la première… Je le désire depuis si longtemps ! Il faut que ce soit moi !

— Je crains que ce ne soit pas possible, Jo. Tante spécifie bien « Amy », et la faveur qu'elle nous fait ne nous permet pas de lui imposer nos volontés.

— C'est toujours la même chose, s'exclama Jo, se laissant entraîner par sa passion, Amy a tout le plaisir et moi jamais ! C'est injuste !

— Ne pensez-vous pas qu'il y a là un peu de votre faute, ma pauvre Jo ? Quand tante m'a parlé l'autre jour, elle a déploré la hardiesse de vos manières et votre esprit d'indépendance. Dans cette lettre, elle m'écrit encore, faisant allusion, semble-t-il, à vos propres paroles : « J'avais d'abord pensé inviter Jo, mais comme les faveurs sont « un fardeau pour "elle", comme elle "déteste le français", je préfère ne pas lui imposer ce voyage. Amy supportera mieux, je pense, ces désagréments et sera une bonne compagnie pour Flo… »

— Oh! Ma langue! Mon abominable langue! rugit Jo. Quand donc lui apprendrai-je à peser ses paroles?

— J'aurais été heureuse, reprit Mme March, de vous voir faire ce magnifique voyage. Mais il vous faut y renoncer pour cette fois. Essayez d'en prendre votre parti et, surtout, ne gâchez pas la joie d'Amy par vos reproches ou vos regrets!

— J'essaierai, promit Jo, se baissant pour ramasser le panier si allégrement renversé autant que pour cacher son désespoir. J'essaierai, non seulement d'avoir l'air contente… mais de l'être; ce sera dur…

Et quelques larmes allèrent s'écraser sur le tapis entre les pelotes de coton et les bas à repriser.

Beth vint lui apporter son secours :

— Je suis peut-être très égoïste, souffla-t-elle en embrassant son aînée, mais je n'aurais jamais pu me passer de toi!

Il y avait tant d'amour dans son geste et de tendresse dans son regard que Jo s'en sentit un peu réconfortée et, quand Amy, entrant dans la pièce, apprit la bonne nouvelle, Jo était en état de prendre sa part de la joie générale.

L'enthousiasme d'Amy fut aussi grand que vous pouvez le penser. Cette perspective inespérée lui ouvrait de magnifiques horizons et elle décréta solennellement qu'elle réaliserait une œuvre d'art à Rome ou ne serait jamais une artiste...

Par la suite, elle s'absorba entièrement dans la préparation de son matériel de peinture, laissant aux gens moins accaparés qu'elle par les soucis et les rêves artistiques, le soin de lui procurer son passeport, de changer son argent et autres vétilles d'ordre pratique.

Il restait bien peu de temps pour tout préparer et la maison fut en ébullition jusqu'au départ d'Amy.

Jo tint le coup avec le sourire jusqu'au moment où la porte se referma derrière elle. Mais, alors, tout son courage l'abandonna. Elle grimpa précipitamment s'enfermer dans son grenier et, désespérément, pendant des heures, pleura jusqu'à épuisement complet de ses larmes.

Pendant ce temps, sur le pont du navire, Amy faisait gaiement ses adieux. Mais, au moment où les matelots se préparaient à enlever la passerelle, elle réalisa soudain que, désormais, un océan entier roulerait ses vagues entre elle et ceux qu'elle aimait. Elle se cramponna de toutes ses forces au bras de Laurie et s'écria en sanglotant :

— Veillez sur eux… et si jamais quelque chose arrivait…

— Oui ! répondit Laurie gagné par son émotion. Soyez sans crainte. Si quelque malheur survenait, j'accourrai aussitôt pour vous réconforter…

Puis il regagna rapidement le quai, un peu inquiet à la pensée de ce qu'il lui faudrait faire si jamais il était appelé à tenir sa promesse…

C'est ainsi qu'Amy fit voile vers l'ancien continent, toujours si nouveau et si magnifique aux yeux des jeunes. Inlassablement, elle agita sa petite main vers son père et son ami qui, debout sur le rivage, souhaitant du fond du cœur que rien de fâcheux ne lui arrive, répondirent à ses adieux jusqu'à ce que le bateau eût disparu dans l'éblouissement des vagues scintillant au soleil.

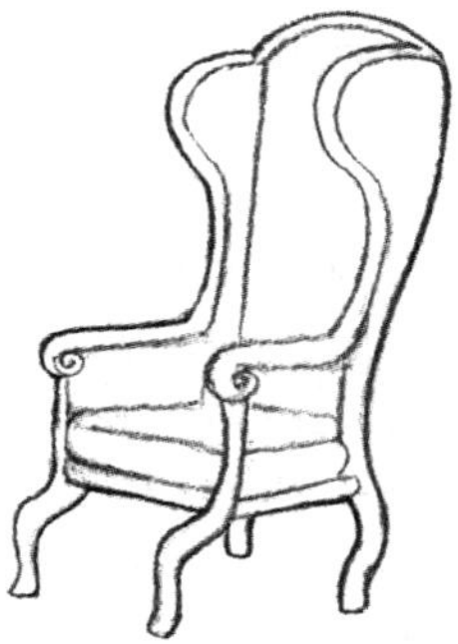

chapitre 8

Notre correspondant à l'étranger

« Londres.
Très chers,

Je suis dans un hôtel de Piccadilly... Je n'arrive pas moi-même à y croire et ne sais comment vous faire partager ma joie, ni vous raconter tout ce que j'ai fait et vu depuis mon départ.

Je vous ai envoyé un mot de Halifax, où je me sentais assez déprimée, mais par la suite tout s'est bien passé. J'ai à peine eu le mal de mer et j'ai vécu des journées merveilleuses, sur le pont, en compagnie d'une quantité de gens très agréables. Tout le monde a été très gentil pour moi, surtout les officiers du bord. Ne ris pas, Jo, les hommes sont vraiment indispensables au cours d'une traversée… Comme ceux-ci n'avaient rien à faire, c'était un service à leur rendre que de les utiliser.

Tante et Flo étaient mal en point et préféraient rester seules. Aussi, dès que j'avais achevé tout ce que je pouvais faire pour elles, je quittais leur cabine et partais me distraire de mon mieux. Oh ! ces promenades sur le pont ! ces couchers de soleil ! ce vent du large et ces vagues ! C'était aussi excitant que nos longues courses à cheval, autrefois. J'aurais aimé que Beth soit là, ce grand air lui aurait fait du bien ! Et Jo donc ! Elle aurait grimpé tout au haut du grand foc – ou de… je ne sais comment s'appelle ce grand mât –, elle se serait fait des amis des mécaniciens et aurait sonné dans la trompe du capitaine !

Malgré tout, j'ai été contente de voir enfin surgir les côtes d'Irlande. Elles nous sont apparues, toutes vertes, un matin de très bonne heure : le ciel était rose sur la baie remplie de petits bateaux… Cette vision était si belle que je ne l'oublierai jamais…

À Liverpool, nous ne nous sommes arrêtés que quelques heures. C'est une ville sale et bruyante et j'étais contente de la quitter. Oncle est allé précipitamment s'y acheter une paire de gants en peau de chien, d'horribles et épaisses chaussures et un parapluie. Il s'est aussi fait couper la barbe en côtelettes et se flattait ensuite d'avoir l'air d'un véritable Britannique. Mais la première fois qu'il a fait astiquer ses chaussures, le petit cireur a deviné qu'un Américain se tenait dedans, car il lui a dit : "Vous serez content, monsieur. Je vais leur donner le dernier poli à l'américaine."

Oncle a beaucoup ri de cette petite aventure.

Mais si je veux vous raconter tous les détails, je n'arriverai jamais à Londres !

Le voyage m'a paru être une longue promenade à travers une galerie de peinture remplie de charmants paysages. J'étais dans un ravissement perpétuel et Flo aussi. Pendant que le train nous emportait à une allure de soixante kilomètres à l'heure, nous courions d'une vitre à l'autre, essayant de tout voir. Tante, fatiguée, s'était endormie, mais oncle lisait son guide et ne se laissait étonner par rien.

Voici, à peu près, comment les choses se passaient :

Amy, se précipitant à une fenêtre :

— Oh ! Cette tache grise, au milieu des arbres ! Ce doit être Kenilworth !

Flo, bondissant à son côté :

— C'est ravissant ! Il faudra que nous allions là, une fois, n'est-ce pas, papa ?

Oncle Carrol, admirant paisiblement ses chaussures :

— Non, ma chère. À moins que vous n'ayez très soif ! C'est une brasserie !

Une pause. Puis, Flo crie :

— Oh ! Ciel ! Une potence et un homme qui s'en approche !

— Où ? Où ? crie Amy qui s'arrête, hypnotisée par la vue de deux immenses poteaux avec une poutre en travers et des chaînes pendantes.

— Une houillère ! contredit tranquillement mon oncle, avec un clin d'œil malicieux.

— Oh ! Voici un troupeau de moutons ! Ils sont tous couchés. Regardez, papa... Ne sont-ils pas délicieux ?

— Un troupeau d'oies, jeune dame, riposte oncle d'un ton qui nous réduit au calme jusqu'au moment où Flo, se plongeant dans un roman, me laisse la scène pour moi toute seule.

Naturellement, il pleuvait quand nous sommes arrivés à Londres, et l'on n'y voyait rien, si ce n'est du brouillard et des parapluies. Entre les averses, nous avons fait quelques courses, et tante m'a acheté de nouvelles affaires : une capeline blanche avec une plume bleue, une robe de mousseline assortie et le plus délicieux mantelet qu'on puisse imaginer... Tout paraît bon marché ici, et faire des achats dans Regent Street est un plaisir sans pareil. Je me suis procuré quelques colifichets, mais attends d'être à Paris pour m'acheter des gants. (J'ai plaisir à écrire cette phrase : elle sonne bien et fait riche !)

Minuit.

Il est très tard, mais je ne veux pas laisser partir ma lettre sans vous raconter ce qui s'est passé ce soir.

Devinez qui est venu nous surprendre, pendant que nous prenions le thé ? Fred et Frank Vaughn, les amis anglais de Laurie ! S'ils ne s'étaient fait annoncer, je ne les aurais pas reconnus. Tous deux sont devenus de grands gaillards à moustaches. Fred, très comme il faut, dans le style anglais, Frank, beaucoup mieux portant qu'autrefois. Il boite légèrement, mais n'utilise plus de béquilles.

Ils avaient appris notre arrivée par Laurie et venaient nous inviter à descendre chez eux. Oncle n'a pas voulu accepter, mais ils nous ont accompagnés au théâtre, et la soirée a été très agréable. Frank ne quittait pas Flo; Fred et moi avons bavardé comme de vieux amis du passé, du présent et du futur. Frank m'a demandé des nouvelles de Beth et Fred envoie ses "respectueux compliments à la grande capeline". (c'est Jo). Ni l'un, ni l'autre n'ont oublié le camp chez les Laurence et la joyeuse journée que nous y avons passée ensemble. Comme tout cela semble loin, n'est-ce pas ?

Il faut que je m'arrête. Voilà la troisième fois que tante cogne au mur pour que j'éteigne ma lampe.

Vous écrivant ici, si tard, dans cette chambre remplie de jolies choses et la tête pleine de spectacles, de modes nouvelles, et de jeunes gens retroussant leurs blondes moustaches, je me fais tout à fait l'effet d'être une élégante dame de Londres, passablement dissipée. Mais cela ne m'empêche pas de vous regretter tous et de rester, en dépit de ma vie de plaisirs,

Votre très aimante,

Amy. »

« *Paris*

Chères sœurs,

Dans ma dernière lettre je vous parlais des Vaughn. Comme ils ont été gentils pour nous ! Et quelles agréables sorties et excursions ils ont organisées en notre honneur !

Je crois que mes meilleurs souvenirs sont ceux que je garde d'Hampton Court et du Kensington Museum. J'ai vu là des cartons de Raphaël et des salles entières pleines de peintures de Turner, Lawrence, Reynolds, Hogarth et autres grands artistes.

La journée passée à Richmond Park, aussi, a été merveilleuse. Nous avons fait un vrai pique-nique à la mode anglaise, et j'avais plus de chênes centenaires et de troupeaux de daims à croquer que je n'en pouvais regarder. J'y ai aussi entendu un rossignol et vu voler une alouette.

Nous avons quitté Londres avec regret, après un grand merci aux Vaughn.

Fred et Frank nous ayant promis de nous rejoindre à Rome cet hiver, je me réjouissais par avance de ce projet, mais à peine étions-nous installés à Paris que Fred est arrivé. Il nous a dit qu'il profitait de quelques jours de vacances pour s'arrêter en France avant de partir pour la Suisse. Tante n'a pas eu l'air très contente tout d'abord, mais maintenant, comme nous tous, elle ne saurait se passer de lui. Fred parle le français comme sa langue maternelle et je ne sais ce que nous serions devenus sans son aide. Oncle ne connaît pas dix mots, personne ne comprend tante, quant à notre français à Flo et moi, c'est honteux à dire, car nous étions l'une et l'autre très fières de notre savoir, mais il s'est révélé, à l'épreuve, totalement insuffisant !

Il m'est impossible de vous décrire tout ce que nous avons vu ici ! Les monuments, les souvenirs historiques, les Champs-Élysées, les Invalides, Notre-Dame, le Louvre, les cafés... Il y en a trop !

Nous avons aussi rencontré plusieurs fois l'empereur Napoléon III, l'impératrice et leur fils. Je trouve celui-ci tout à fait mignon, lorsque, de sa calèche escortée de gardes à cheval et conduite par des postillons en jaquette de satin rouge, il envoie en souriant des baisers à la foule !

La semaine prochaine, nous partirons pour la Suisse et l'Allemagne, mais nous voyagerons vite et je n'aurai pas le temps de vous écrire de longues lettres. J'espère que mon carnet de croquis vous permettra, au retour, de vous faire une idée de toutes les belles choses que j'aurai vues. Je dessine beaucoup en pensant à vous et suis très contente, car je fais beaucoup de progrès.

Je vous embrasse tous tendrement.

Votre "Amie". »

« *Heidelberg.*

Ma chère maman,

Ayant une grande heure de liberté avant de partir pour Berne, je voudrais en profiter pour vous mettre au courant de ce qui m'arrive, car c'est très important.

Jusqu'à Coblentz, je ne m'étais doutée de rien...

Là, une nuit, j'ai été brusquement réveillée par une musique extraordinaire. Je me suis dressée dans mon lit, Flo en a fait autant dans le sien et il faisait si clair que nous avons pu voir nos mines effarées, qui nous ont bien fait rire.

"Il faut savoir ce qui se passe", a dit Flo en se levant. J'ai fait comme elle, et en nous tenant cachées derrière les rideaux, nous avons regardé

au-dehors : juste sous notre fenêtre, se tenait un groupe de musiciens et de chanteurs. Parmi eux, était Fred, les autres étaient des étudiants de Bonn, dont il avait fait connaissance sur le bateau lorsque nous descendions le Rhin. Longtemps, nous sommes restées là, à écouter et regarder. Je n'ai jamais rien vu d'aussi romantique que ce décor, avec le fleuve et son pont de bateaux, la grande forteresse derrière, le clair de lune partout et cette musique à faire fondre un cœur de pierre.

Quand les chanteurs s'arrêtèrent, nous leur avons jeté quelques fleurs. Ils se sont tous précipités pour les ramasser en lançant en l'air des baisers aux invisibles damoiselles, puis ils sont partis en riant… sans doute, boire de la bière.

Le lendemain, Fred m'a montré quelques fleurs séchées en me regardant d'un air très sentimental. Je lui ai dit que c'était Flo qui les avait lancées et il les a rejetées au loin d'un air dégoûté.

Jusqu'à ce jour, ou plus exactement cette nuit, j'avais toujours considéré Fred comme un agréable compagnon de voyage, sans penser plus loin. Depuis, j'ai réalisé qu'il avait pris au sérieux, plus que moi, nos promenades au crépuscule, nos aventures en commun et tant de conversations à travers les parcs ou autour de tasses de thé.

Vraiment, maman, je n'ai pas flirté avec lui, et me souvenant de vos conseils, je me suis toujours très bien tenue. Je n'y peux rien, si les gens m'aiment, je n'y ai jamais poussé personne et – bien que Jo dise que je n'ai pas de cœur – cela me chagrinerait de les décevoir.

Je vous vois d'ici, maman, secouer la tête, sans me croire et j'entends les sœurs s'écrier : "Quelle horrible petite hypocrite !" Mais ce n'est pas vrai ! Je suis parfaitement sincère et sûre d'avoir raison.

J'ai bien réfléchi à tout ceci et ma décision est prise : si Fred me demande en mariage j'accepterai, bien que je ne sois pas follement amoureuse de lui. Je l'aime, et crois que nous pourrons être heureux ensemble.

Il est élégant, jeune, intelligent et très riche. Infiniment plus riche que les Laurentz. Je préfère les hommes bruns, mais je ne peux lui reprocher d'avoir les cheveux blonds, puisque les miens le sont plus encore que les siens. Sa famille est très aimable, bien née et généreuse. Je ne pense pas que personne fasse d'objections de ce côté, car je sais que je leur suis sympathique, à tous. Fred, étant l'aîné des jumeaux, héritera, je pense, du domaine et je vous assure qu'il est splendide !

Je n'épouserai jamais un homme que je détesterais ou mépriserais, soyez-en bien certaine, maman. Mais, quoique Fred ne soit pas le héros de mes rêves, je crois que je pourrai l'aimer s'il m'aime beaucoup et me laisse faire ce que je désire.

Il est impossible de ne pas voir qu'il est amoureux de moi : il n'en dit rien, mais tant de petites choses le laissent deviner ! Il ne reste jamais avec Flo, mais se tient toujours à mon côté, que ce soit en voiture, à table ou en promenade. Il prend des airs tendres lorsque nous sommes seuls et semble prêt à se fâcher dès qu'un homme m'adresse la parole.

Et voici où j'en suis à présent :

Hier soir, au coucher du soleil, nous sommes tous montés au château, sauf Fred, qui devait nous rejoindre après être passé à la poste restante prendre son courrier. Nous avons fait une merveilleuse promenade à travers les ruines, les grottes et le splendide jardin que l'Électeur a fait dessiner, il y a bien longtemps, pour sa jeune femme, une Anglaise.

De la terrasse, on a une vue admirable et, pendant que les autres allaient visiter l'intérieur du château, je suis restée là, assise, essayant de dessiner la tête de lion en pierre grise qui orne le mur, et les brindilles de chèvrefeuille rouge pendillant tout autour.

Seule dans ce merveilleux paysage, assise devant cette vallée où roule le Neckar, bercée par la lointaine musique d'un orchestre autrichien et attendant mon amoureux, il me semblait être devenue l'héroïne vivante d'un roman véritable.

Je pressentais qu'il allait se passer quelque chose. Mon cœur battait assez fort, mais je me savais prête à l'événement qui se préparait pour moi dans cette nuit merveilleuse et n'en étais ni troublée, ni intimidée d'avance.

Puis, j'ai entendu la voix de Fred : sous la grande arche de pierre, il s'avançait vers moi... Mais il marchait si vite et avait l'air tellement bouleversé que, oubliant mes propres sentiments, je lui ai demandé ce qui lui arrivait. Il m'a dit qu'il venait de recevoir une lettre le rappelant d'urgence à Londres, parce que Frank était très malade. Il prenait le train de nuit et avait juste le temps de nous dire au revoir.

J'étais désolée pour lui et déçue pour moi, mais cela n'a pas duré longtemps. En me quittant, il m'a serré la main et m'a dit :

"Je reviendrai bientôt. Vous ne m'oublierez pas, Amy ?"

Et il n'y avait pas à se tromper au son de sa voix !

Je ne lui ai pas répondu, mais je l'ai regardé. Il a eu l'air content. C'est tout.

Il est parti tout de suite après et, depuis, il nous manque beaucoup. Nous devons le retrouver à Rome, et alors, si je n'ai pas changé d'avis, quand il me dira : "Voulez-vous, s'il vous plaît ?" je lui répondrai : "Oui, merci !"

Ne soyez pas inquiète à mon sujet, maman. Rappelez-vous que je suis toujours votre "prudente

Amy" et soyez sûre que je ne ferai rien d'inconsidéré. Envoyez-moi autant de conseils que vous pourrez. Je les utiliserai si je peux. Aimez-moi et ayez confiance.

Pour toujours, votre

Amy. »

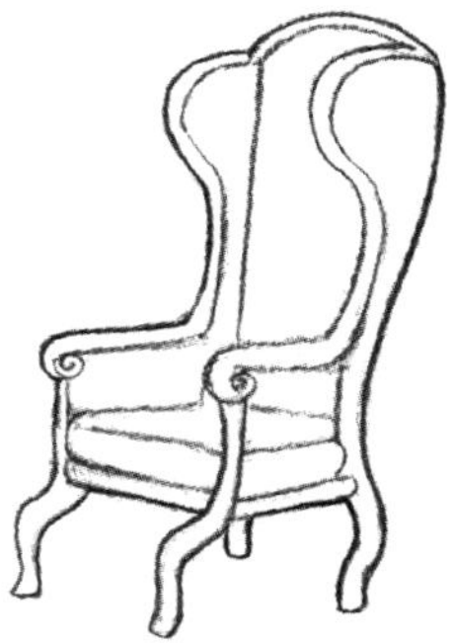

chapitre 9

Inquiétudes

— Jo, je suis inquiète de Beth !

— Pourquoi, maman ? Je la trouve mieux depuis quelque temps.

— Ce n'est pas sa santé qui m'inquiète, mais son moral. Je suis sûre qu'elle a un chagrin qu'elle nous cache.

— Qu'est-ce qui vous fait penser cela ?

— Bien des indices. Elle ne bavarde plus avec son père comme elle en avait l'habitude et reste seule trop souvent. L'autre jour, je l'ai trouvée avec les bébés, les regardant avec des yeux pleins de larmes, et j'ai plus d'une fois surpris dans son regard une expression que je ne m'explique pas.

Cela ne ressemble pas à Beth et me tracasse beaucoup.

— Vous ne lui en avez rien dit?

— J'ai essayé une fois ou deux mais, ou bien elle esquive mes questions, ou bien elle prend un air si malheureux que je n'ose plus continuer. Je n'ai jamais cherché à forcer les confidences de mes enfants et j'ai rarement eu à les attendre bien longtemps. Mais cette fois c'est différent.

Jo réfléchit quelques minutes et dit :

— Beth a dix-huit ans, maman, mais nous ne le réalisons pas. Nous continuons à la traiter comme une enfant sans nous rendre compte qu'elle est presque une femme. Elle doit commencer à se perdre dans des rêves dont elle ignore elle-même la cause.

— Vous avez raison, chérie ! fit Mme March avec un sourire aussitôt suivi d'un soupir, car les mères ont souvent de la peine en constatant que leurs enfants ne sont plus des enfants.

— Ni vous, ni moi n'y pouvons rien, ma chère maman, reprit Jo. Il faut que vos petits quittent le nid les uns après les autres. Mais n'en ayez aucune peine, mère chérie. Il y en a au moins une qui restera auprès de vous et ce sera moi. Si vous avez besoin d'aide je serai toujours « votre homme ».

— Je ne le souhaite pas pour vous, ma grande Jo, mais je vous remercie de votre bonne intention. Je savais bien pouvoir compter sur vous puisque j'ai tout de suite pensé à vous confier Beth. Je sais que c'est à vous qu'elle ouvrira le plus facilement son cœur. Soyez très patiente et ne lui laissez pas imaginer que d'autres peuvent s'inquiéter d'elle ou chercher à connaître ses secrets. Qu'elle devienne joyeuse et bien portante et je n'aurai pas d'autre souhait à formuler !

— Heureuse mère ! Moi, j'en ai des monceaux !

— N'ai-je pas le droit de les connaître ?...

— Je vais arranger les ennuis de Beth d'abord ! Je vous parlerai des miens après.

Pendant les jours suivants, tout en ayant l'air absorbée par ses propres affaires, Jo surveilla Beth. Après avoir envisagé bien des hypothèses, elle en adopta une qui lui semblait expliquer parfaitement le changement d'attitude de sa sœur. Un léger incident lui parut confirmer ses soupçons. Son cœur aimant et sa vive imagination achevèrent de la convaincre qu'elle avait deviné juste.

Un certain samedi après-midi, Jo, dans la chambre de Beth, s'évertuait à écrire inlassablement, tout en surveillant sa sœur. Elle voyait celle-ci de profil, assise devant la fenêtre, occupée à broder d'un air indifférent. Mais, souvent, la jeune fille laissait son ouvrage retomber sur ses genoux tandis qu'elle reposait son front dans ses mains et que son regard errait sur le triste paysage d'automne. Tout à coup, quelqu'un passa sous les fenêtres, sifflant comme un merle, et une voix cria :

— Hello ! Tout va bien ? À ce soir !

Beth sursauta, se pencha au-dehors avec un sourire et suivit des yeux le passant jusqu'à ce que le bruit de son pas lourd et pressé se soit éteint dans le silence.

Puis elle dit à voix basse :

— Comme ce brave garçon a l'air heureux et bien portant !

— Hum ! fit Jo, observant sa sœur.

Son sourire avait disparu, les couleurs s'effaçaient de ses joues, aussi vite qu'elles y étaient venues et une larme vint s'écraser sur le rebord de la fenêtre. Beth l'essuya rapidement en lançant un coup d'œil méfiant à son aînée. Mais celle-ci alignait ses mots avec une remarquable célérité, entièrement accaparée, semblait-il, par les péripéties du *Serment d'Olympe*.

Beth se détourna et Jo reprit sa surveillance. Elle remarqua à plusieurs reprises que la main de sa sœur se portait à ses yeux. Se levant brusquement, elle quitta la pièce en marmonnant quelques mots comme : « Je vais chercher du papier. »

Elle entra dans sa propre chambre, s'écroula dans un fauteuil et, anéantie par l'émotion de cette soudaine découverte, murmura :

— Qui aurait pu supposer une chose pareille ! Elle aime Laurie ! Que va dire maman ? Je me demande si, lui…

Et ici, Jo s'interrompit, rougissant soudain à la pensée qui venait de lui traverser l'esprit et qu'elle n'osait se formuler à elle-même.

« Ce serait affreux, se dit-elle, si Laurie ne partageait pas cet amour. Il faut qu'il aime Beth ! Il faut que je l'y oblige ! »

Il était impossible de savoir si Laurie éprouvait un intérêt particulier pour Amy. Il était toujours très gentil et plein de prévenances pour elle, mais cela ne prouvait pas qu'il la préférât à ses sœurs. Il flirtait avec Amy et taquinait Jo. La famille lui attribuait même un penchant de plus en plus marqué pour cette dernière. Jo le savait, mais, nullement attirée par le mariage, toute allusion à ce sujet la mettait en colère.

En revanche, elle avait reçu avec joie les confidences de Laurie, depuis son départ au collège. Régulièrement, tous les mois, il lui annonçait être tombé amoureux d'une jeune fille; mais ses flammes, aussi brèves qu'ardentes, étaient sans conséquence et Jo s'amusait beaucoup des alternatives de joie, de désespoir et de résignation qu'elle était appelée à partager chaque semaine. Puis, avec le temps, Laurie sembla se refermer silencieusement sur une passion unique. Il prit des airs mélancoliques, écrivit à Jo des lettres pleines de philosophie et annonça qu'il allait se mettre sérieusement au travail.

Cette dernière attitude convenait bien mieux à Jo que les tendres propos échangés sous les étoiles, les brûlantes pressions de main et les éloquents regards. Son intelligence plus tôt développée que son cœur, préférait les héros de son imagination à ceux en chair et en os. Elle trouvait plus facile, lorsqu'elle ne voulait plus les voir, de les enfermer dans le buffet du grenier que de se débarrasser des autres.

Quand Laurie vint ce soir-là, Jo l'observa avec plus d'attention qu'elle ne lui en avait jamais accordé. Son amabilité envers Beth et le calme de celle-ci lui auraient paru parfaitement naturels, si elle ne s'était mis en tête cet ingénieux scénario. Son imagination une fois débridée l'entraîna à vive allure et son bon sens altéré par un excès de littérature romanesque ne lui fut d'aucun secours.

Elle trouva que Beth, allongée sur le sofa, regardait un peu trop souvent le fin visage du jeune homme assis auprès d'elle sur une chaise basse ; qu'elle prenait trop d'intérêt à ses bavardages et que les parties de cricket qu'il lui décrivait et dont les termes techniques lui étaient aussi inintelligibles que du sanscrit, semblaient la passionner d'une façon tout à fait alarmante.

De son côté, Laurie déployait une éloquence tout aussi suspecte que son excessive douceur et Jo alignait tous ces symptômes, oubliant totalement que de semblables soirées se déroulaient régulièrement chaque samedi, au retour de Laurie.

— Qui sait ? disait-elle tout bas. Des choses plus surprenantes peuvent arriver… S'ils s'aimaient, ils pourraient être très heureux ensemble. Et pour cela, il suffirait que personne d'autre ne vienne s'interposer dans les pensées de Laurie.

Plus elle réfléchissait à cette idée, plus Jo la trouvait séduisante. Elle finit par conclure que seule sa présence pouvait être un obstacle à sa réalisation et qu'il importait avant tout qu'elle quittât la maison.

« Où donc pourrais-je aller ? » se répétait-elle, brûlant du désir de s'immoler sur l'autel de l'amitié fraternelle.

Seule au salon le lendemain, allongée sur le sofa, elle agitait encore ces problèmes lorsque Laurie arriva.

Ce sofa était un meuble patriarcal, long, large, bas, passablement usé, chargé d'une quantité de coussins. Autrefois, les quatre sœurs avaient pêché à la ligne sur son dossier, cavalcadé sur ses bras et installé leurs ménageries sous ses ressorts. En grandissant, elles avaient reposé leurs têtes fatiguées sur ses coussins et bercé là leurs premiers rêves. Toutes quatre aimaient ce meuble et Jo plus encore que les autres. L'une de ses extrémités lui était particulièrement réservée et elle y avait son coussin personnel : un horrible traversin dur, long, usé, laissant passer son crin à travers le tissu défraîchi. Laurie l'appelait « la saucisse » mais, pour Jo, il était tout à la fois une arme défensive, une barricade et un sûr moyen de résister à certaines tentations de sommeil.

Quand Laurie entra ce jour-là, Jo ne s'était pas barricadée derrière « la saucisse » et il en profita pour venir aussitôt poser à côté d'elle son large corps. Ses deux bras se déployèrent sur le dossier, ses jambes s'allongèrent loin devant lui sur le tapis et il poussa un soupir de satisfaction.

Jo rabattit son coussin, mais trop tard. Il n'y avait plus de place pour lui, il tomba à terre et de là disparut mystérieusement, rapidement escamoté par les pieds du jeune homme.

— Soyez gentille, Jo, soupira Laurie. Quand un malheureux a travaillé comme moi toute une semaine, il mérite un peu de tendresse.

— Adressez-vous à Beth. Moi, je suis trop occupée !

— Pourquoi ? Beth n'a que faire de moi et vous savez si bien me dire des choses gentilles, quand vous le voulez. Que vous est-il arrivé ? Auriez-vous pris votre Teddy en horreur au point de ne plus éprouver pour lui que l'envie de l'assommer à coups de coussin ?

Malgré le ton irrésistiblement enjôleur de sa voix, Jo tourna vers Laurie des yeux sévères et questionna brutalement :

— Combien de bouquets avez-vous envoyés cette semaine à Miss Randal ?

— Pas un seul, je vous le promets...

— Je vous félicite d'avoir su vous abstenir. C'est une de vos plus remarquables extravagances que cette manie d'envoyer des fleurs et des cadeaux à des filles auxquelles vous n'attachez pas plus d'intérêt qu'à une épingle rouillée !

— Des filles intelligentes, pour lesquelles je donnerais toutes les épingles du monde, m'interdisent de rien leur offrir. Que dois-je donc faire ? Il faut que mes sentiments trouvent un moyen de s'exprimer...

— Maman n'aime pas que l'on flirte, même pour s'amuser, et vous flirtez désespérément, Teddy !

— Je ne me plaindrais de rien si seulement je pouvais vous répondre : « Et vous donc, Jo ! » Mais c'est impossible, hélas !

— Si vous avez besoin de trouver une échappatoire pour vos sentiments, pourquoi ne les orientez-vous pas sur quelque fille jolie et modeste que vous respecteriez, au lieu de perdre votre temps sur des mannequins sans intérêt ?

— Est-ce réellement ce que vous me conseillez ? questionna Laurie avec un curieux mélange d'inquiétude et de joie.

— Exactement. Avec cette réserve qu'il vous faudrait d'abord faire un gros effort pendant cette dernière année de collège et penser un peu plus à votre avenir. Vous n'êtes bon à rien et vous n'arrivez pas à la cheville de… de la simple fille en question, quelle qu'elle puisse être. (Jo s'était retenue à temps pour ne pas laisser échapper le nom de sa sœur.)

— Je le sais, acquiesça Laurie, avec une expression d'humilité nouvelle chez lui, et il baissa les yeux tout en roulant autour de son doigt l'extrémité d'un ruban ornant la robe de la jeune fille.

« Cela ne va pas du tout comme il faudrait », se dit Jo, et pour couper court à cette conversation mal engagée, elle reprit à haute voix :

— Allez au piano et chantez-moi quelque chose. Je meurs d'envie d'entendre de la musique et la vôtre me plaît toujours.

— Merci du compliment, mais… je préfère rester ici.

— Il n'y a pas assez de place et vous êtes trop encombrant ! Rendez-vous utile, pour une fois.

Et comme Laurie ne bougeait pas, elle ajouta :

— Je croyais que vous détestiez être attaché aux jupes d'une femme.

— Cela dépend de celle qui porte la jupe ! fit Laurie en serrant audacieusement le bout de ruban.

— Allez-vous m'obéir, Teddy ? ! râla Jo, se penchant pour attraper le coussin.

Laurie se précipita au piano et sitôt qu'il eut le dos tourné, Jo s'esquiva hors de la pièce.

Laurie, déçu, dut repartir sans l'avoir revue.

Cette nuit-là, Jo mit très longtemps à s'endormir. Elle commençait seulement à s'assoupir lorsque le bruit d'un sanglot étouffé la fit se redresser brusquement. Beth pleurait ! Elle se précipita hors de son lit en questionnant :

— Qu'y a-t-il, ma chérie ? Où as-tu mal ? Dis-le-moi, je trouverai bien un remède.

— Il n'y a pas de remède, souffla Beth, et sa voix se brisa tandis qu'elle s'accrochait au cou de sa sœur en pleurant si désespérément que Jo en fut effrayée.

— Où souffres-tu ? demanda-t-elle à nouveau. Veux-tu que j'aille chercher maman ?

Beth ne répondit pas à la première question, mais dans l'ombre, une de ses mains se posa sur son cœur, comme si là siégeait sa souffrance. De l'autre, elle retenait Jo.

— Non ! Non ! supplia-t-elle. N'appelle pas maman ! Ne lui dis rien. Cela va passer. Allonge-toi à côté de moi et mets ta main sur mon front, comme lorsque j'étais petite. Je vais me calmer et m'endormir. Je te le promets !

Jo obéit, et tandis que sa main caressait le front brûlant et les paupières humides, son cœur lui semblait plein à déborder et elle avait hâte de parler. Mais, malgré sa jeunesse, Jo savait que, comme les fleurs, les cœurs doivent s'ouvrir seuls et se referment lorsqu'ils sont brusqués. Aussi, bien qu'elle fût persuadée d'avoir découvert la cause du chagrin de Beth, elle se contenta de lui demander de sa voix la plus tendre :

— Est-ce que tu as de la peine, ma Betsey chérie ?

Beth fut longtemps sans répondre, enfin elle dit :

— Oui, Jo !

— Ne veux-tu pas me dire pourquoi ? Je suis sûre que cela te soulagerait.

— Non. Pas encore.

— Comme tu voudras. Je ne te le demanderai plus, mais rappelle-toi, Beth, que je suis toujours prête à t'écouter et à t'aider, si je le peux.

— Je sais. Je te dirai tout… Plus tard.

Il y eut un long moment de silence dans la chambre où les sanglots de Beth s'apaisaient lentement dans l'ombre, puis Jo murmura :

— Est-ce que cela va mieux, ma chérie ?

— Oui, Jo. Je suis toujours mieux quand tu es là !

— Dors, ma petite Betsey. Je resterai auprès de toi.

Elles s'endormirent joue contre joue et, au matin, Beth semblait être redevenue elle-même. À dix-huit ans les peines s'oublient vite et un mot amical calme bien des souffrances. Mais l'opinion de Jo était faite et après avoir cherché quelques jours le moyen de réaliser son projet, elle le confia à sa mère.

— Vous m'aviez demandé quels étaient mes désirs, maman ! Aujourd'hui, je voudrais vous en dire un.

— Lequel ?

— J'aimerais passer l'hiver ailleurs.

— Pourquoi, Jo ?

Jo ne releva pas les yeux de son ouvrage et répondit gravement :

— J'ai besoin de changement. J'ai hâte de voir du nouveau et de faire des choses neuves. Je rumine trop mes propres petites affaires et j'ai besoin de me secouer.

— Où aimeriez-vous aller ?

— À New York. J'ai eu une idée merveilleuse. Mme Kirke vous a écrit pour vous demander si vous connaissiez une jeune fille capable de surveiller ses enfants et de coudre un peu. Il me semble qu'en prenant sur moi, j'arriverais à faire l'affaire.

— Vous désirez vraiment entrer en service dans cette grande pension ? s'exclama Mme March, sans chercher à cacher sa surprise.

Cependant elle ne paraissait pas mécontente de cette décision.

— Ce n'est pas tout à fait prendre du service, car Mme Kirke est votre amie et sera très gentille pour moi, je le sais ! Sa famille vit très à part dans cette pension et personne ne me connaîtra. D'ailleurs, cela m'est égal. C'est un travail honnête et je n'en ai pas honte.

— Moi non plus. Mais cela va vous obliger à abandonner votre littérature.

— Un changement me fera du bien ! Et si je n'ai pas le temps d'écrire là-bas, je rapporterai au moins des quantités d'idées qui me serviront plus tard.

— C'est certain, ma chérie, mais j'aimerais bien savoir si aucune autre raison ne vous pousse à ce départ ?

— Il y en a une… Vous m'avez parlé de Beth, l'autre jour… j'ai cru comprendre que… qu'il vaudrait mieux pour elle que je ne sois plus ici pendant quelque temps…

— Pourquoi donc, ma chérie ?

— À cause de Laurie, il s'occupe trop de moi… et pas assez d'elle.

— Vous pensez que Beth… éprouverait un penchant pour Laurie ?

— J'en suis presque sûre, maman.

— Mais vous alors… Jo ? Je croyais…

— Oh ! Non. J'aime beaucoup le cher garçon et l'ai toujours aimé. Je suis très fière de lui, mais pour ce qui est du reste… il ne peut en être question !

— J'en suis heureuse, Jo.

— Et pourquoi, s'il vous plaît, maman ?

— Parce que je ne pense pas que vous soyez faits pour vivre ensemble. Vous êtes trop semblables et trop bouillants l'un et l'autre. Le mariage demande une infinie patience pour se supporter mutuellement et vous n'êtes capables ni l'un, ni l'autre, de ce constant effort.

— C'est exactement ce que je pense, bien que je sois incapable de l'exprimer, fit Jo gravement.

— Mais êtes-vous sûre que Laurie vous aime ?

— Il ne m'a encore rien dit, mais je crois plus sage de partir avant qu'il ne commence à parler.

— Vous avez raison, Jo. Si cela peut s'arranger, vous partirez pour New York et je veillerai sur Beth.

Mme Kirke répondit, très rapidement, qu'elle serait bien heureuse de recevoir Jo et ferait tout son possible pour lui rendre la vie agréable. Le projet fut débattu en famille et adopté à l'unanimité, sans difficulté.

Jo s'en réjouit et, trouvant tout à coup le nid familial bien étroit pour son désir de vivre et de connaître le monde, cachait mal sa hâte de partir.

Mais il lui restait à avertir Laurie. Au cours de ses dernières visites, il s'était montré plus sérieux et Jo l'ayant accusé une fois d'avoir tourné une nouvelle page de sa vie, il lui avait répondu très gravement :

— Oui, c'est vrai ! Mais cette fois, elle restera tournée.

Il prit avec la même calme gravité l'annonce de son départ et se contenta de répondre d'un air significatif :

— Cela ne changera rien, Jo ! Je vous suivrai de loin. Aussi faites attention à ce que vous allez faire, sinon je viendrai vous chercher et vous ramener à la maison.

Rassérénée, Jo ne s'inquiéta plus pour lui. De son côté Beth se montrait plus gaie. Aussi, estimant qu'elle agissait au mieux des intérêts de tous, Jo acheva-t-elle allégrement ses préparatifs de départ.

Elle passa une grande partie de sa dernière soirée auprès de Beth.

— Il y a une chose que je voudrais te confier tout spécialement, lui dit-elle doucement.

— Tes manuscrits, sans doute ?

— Non. Autre chose de plus précieux : Laurie. Tu seras gentille avec lui, n'est-ce pas ?

— Bien sûr. Mais je ne peux pas prendre ta place et tu vas terriblement lui manquer.

— Cela ne lui fera pas de mal ! Mais n'oublie pas, je compte sur toi pour le tyranniser, le tourmenter, le cajoler et le maintenir dans la bonne voie.

— Je ferai de mon mieux, pour te faire plaisir, promit Beth, se demandant pourquoi sa sœur la regardait d'une façon si étrange.

chapitre 10

Le journal de Jo

« New York. Novembre.
Chère maman et chère Beth,

Je crois bien qu'il va falloir que je vous envoie un véritable volume tant j'ai de choses à vous raconter. Et pourtant je ne voyage pas sur le continent, moi !

Quand j'ai vu disparaître dans la fumée du train la chère figure de papa, j'ai bien failli verser une ou deux larmes…

Dans mon compartiment il y avait heureusement une dame irlandaise avec quatre enfants insupportables. Chaque fois que l'un d'eux ouvrait la bouche pour hurler, je lui lançais un morceau de pain d'épice. Cette saine occupation m'a fait oublier mon chagrin. Puis le soleil s'est montré, ce qui m'a paru de bon augure et finalement le voyage a été agréable.

Mme Kirke m'a accueillie si gentiment que je me suis tout de suite sentie chez moi, bien que sa maison soit très grande et pleine d'étrangers. Elle m'a réservé une drôle de petite chambre, tout en haut de l'immeuble, la seule qui fût libre. Il y a un poêle, une table confortable et une fenêtre avec une jolie vue et beaucoup de soleil. Il ne m'en faut pas plus pour me sentir heureuse et avoir envie d'écrire, chaque fois que cela me sera possible.

— Vous êtes ici chez vous, m'a dit Mme Kirke, très maternellement. Je suis prise toute la journée et bien contente de savoir que désormais Kitty et Minnie ne seront plus abandonnées à elles-mêmes. Si quelque chose ne va pas, n'hésitez jamais à venir me trouver et faites votre possible pour être heureuse.

La nursery, où je dois me tenir dans la journée, pour coudre ou faire travailler les enfants, est une pièce très agréable à côté du salon particulier de Mme Kirke.

Les deux petites filles sont délicieuses, un peu trop gâtées, me semble-t-il, mais elles m'ont prise en affection dès que je leur ai raconté l'histoire des sept méchants petits cochons. Je suis sûre que je vais devenir une gouvernante modèle.

Je peux prendre mes repas avec les enfants ou à la table d'hôte. Pour le moment, je préfère rester avec les petites, car je suis très timide – bien que personne ne veuille le croire.

La maison est très grande et remplie d'étrangers et j'ai dû monter et descendre je ne sais combien de fois, ce soir, ces immenses étages. Une fois, je m'étais arrêtée sur le troisième palier pour laisser passer une petite servante chargée d'un lourd seau de charbon, lorsqu'un monsieur s'est précipité, a pris son fardeau et l'a porté lui-même jusqu'au dernier étage.

Cela m'a plu et je l'ai raconté à Mme Kirke, qui m'a dit :

— Ce ne peut être que le professeur Bhaer. Je reconnais bien là sa façon de faire.

Il paraît que c'est un Allemand très instruit, très bon et aussi pauvre que Job. Il donne des leçons pour gagner sa vie et celle de deux neveux orphelins, fils d'une sœur mariée à un Américain. Mme Kirke l'aime beaucoup et lui prête son salon pour ses leçons particulières. Je pense le voir bientôt puisque cette pièce n'est séparée de la nursery que par une porte vitrée. Le professeur a près de quarante ans. Vous n'avez rien à craindre, ma chère maman, pour votre Jo.

Je vous en écrirai plus long demain. Je compte faire une sorte de journal où je noterai chaque jour ce qui m'arrive afin que vous soyez bien au courant de tout ce que je fais.

Mardi soir.

La matinée avec les enfants s'est passée d'une façon très agréable et ce rôle de gouvernante, qui me faisait assez peur, me paraît maintenant très facile. Je n'ai plus aucune appréhension de ce côté et en suis bien contente. Après le déjeuner les enfants sont parties se promener avec une de leurs tantes et je suis restée seule à coudre à la nursery. Je brodais des boutonnières – en remerciant le Ciel d'avoir appris à les faire si bien – lorsque j'ai entendu quelqu'un entrer dans le salon de Mme Kirke en fredonnant Kennst Du das Land…

Je sais combien c'est mal, mais je n'ai pas pu résister à la tentation : écartant un coin du rideau j'ai regardé à travers la porte vitrée. Le professeur Bhaer rangeait ses livres sur la table, ce qui m'a donné tout loisir pour l'examiner. Il a vraiment le type allemand : lourd, presque corpulent, avec une barbe broussailleuse, des cheveux mal peignés, mais il a les plus beaux yeux que j'aie jamais vus et une voix admirable. Ses vêtements ne sont pas soignés, il manquait deux boutons à son veston. Malgré cela, il a l'air d'un vrai gentleman et je le trouve très sympathique. Tout en chantonnant, il gardait un air grave, même lorsqu'il s'est approché de la fenêtre pour caresser le chat et tourner le pot de jacinthe vers le soleil.

Puis une petite fille est entrée, mignonne comme tout, et s'est jetée à son cou. Alors il s'est mis à sourire.

Je me suis retirée, car j'avais peur d'être aperçue derrière mon rideau, mais je continuais à les entendre jacasser et rire ensemble comme de vieux amis. Le professeur l'appelait « ma Tina » d'une voix pleine d'affection et semblait prendre très au sérieux le soin de ses études qui en sont tout juste aux premiers éléments de l'alphabet.

Puis deux jeunes filles sont entrées et ce fut beaucoup moins amusant. Mais une chose est sûre, c'est que ce professeur ne manque pas de patience ! À sa place j'aurais envoyé au diable ces deux pimbêches !

Le soir, Mme Kirke m'a demandé si je n'avais pas envie de dîner avec ses pensionnaires. J'ai accepté, car je me sentais curieuse de connaître enfin ces gens qui vivent sous le même toit que moi. Je me suis habillée très correctement et ai essayé de me glisser dans la salle à manger derrière Mme Kirke sans être remarquée. Mais comme elle est petite et moi grande, cela n'a pas réussi. Elle m'a fait asseoir auprès d'elle et, dès que j'ai eu repris mon calme, je me suis mise à examiner les convives. La grande table était garnie de l'habituel assortiment de jeunes gens occupés d'eux-mêmes, de nouveaux mariés préoccupés l'un de l'autre, de mères de famille absorbées par leurs enfants et de vieux messieurs plongés dans la politique.

Je ne pense pas m'intéresser jamais à aucun d'eux, si ce n'est à une jeune femme au joli visage dont je ne sais encore rien.

Le professeur Bhaer était assis tout au bout de la table entre un vieux monsieur sourd, auquel il était forcé de répondre en hurlant et un Français avec lequel il discutait philosophie. Si Amy avait été là, elle se serait détournée avec horreur tant le professeur donnait les preuves d'un appétit démesuré. Mais, moi, je trouve normal de voir un homme manger s'il a faim et je ne reproche aux gens rien tant que leur hypocrisie.

Jeudi.

Hier a été une journée calme et j'ai pu écrire un peu dans ma chambre. J'ai aussi glané quelques renseignements sur les uns et les autres : Tina est la fille de la Française qui fait ici le repassage fin. Quoique célibataire, le professeur aime beaucoup les enfants. Il a un faible pour Tina et beaucoup d'affection pour Kitty et Minnie Kirke qui le lui rendent bien ! Elles m'ont parlé des jeux auxquels ils jouent ensemble, des cadeaux qu'il leur fait et des merveilleuses histoires qu'il leur raconte.

La dame que j'avais remarquée au dîner s'appelle Mme Norton. Elle est riche, instruite et gentille. Elle m'a parlé hier soir (car je suis retournée dîner à la table d'hôte, tant je trouve amusant d'observer les autres) et m'a invitée à lui rendre visite dans sa chambre. Elle a de beaux livres, de jolis tableaux, connaît des gens intéressants et s'est montrée très amicale. J'ai l'intention de la voir souvent, car je veux – moi aussi – me faire des relations, bien que dans un genre différent de celui qu'Amy cultive.

Le soir, j'ai été présentée au professeur Bhaer, comme « une amie de Mme Kirke », ce qui m'a fait plaisir. Mais il était dit que je le reverrai encore ce soir-là et notre seconde entrevue a été plus drôle et pas du tout protocolaire.

Comme je remontais dans ma chambre, j'ai involontairement heurté sa porte du bout de mon parapluie. Aussitôt, celle-ci s'est ouverte, et il m'est apparu, avec une chaussette bleue enfilée sur une main et tenant de l'autre une aiguille à repriser. Il n'avait pas du tout l'air honteux d'être surpris dans cette occupation. J'ai rapidement bredouillé des excuses et me suis enfuie en plaignant ce pauvre homme d'être obligé de repriser lui-même ses affaires. Je savais que les gentlemen allemands faisaient de la broderie, mais raccommoder est tout autre chose. Ne trouvez-vous pas ?

Je tremble en pensant au nombre de timbres qu'il va me falloir pour affranchir cette lettre. Envoyez de mes nouvelles à Amy. Elles lui paraîtront bien plates auprès des splendeurs où elle vit, mais lui feront plaisir. Est-ce que Teddy travaille tellement qu'il ne trouve pas le temps d'écrire à ses amis ? Que Beth prenne grand soin de lui. Donnez-moi des nouvelles de tout le monde sans oublier les jumeaux. J'envoie à tous des quantités d'amitiés.

Jo.

P.-S. – En relisant ma lettre je la trouve passablement « Bhaerisante ». Mais les personnes aussi extraordinaires m'intéressent toujours et je n'ai vraiment pas grand-chose d'autre à vous dire. »

« Décembre.

Ma très chère Betsey,

Ce petit gribouillage t'est tout particulièrement destiné. J'espère qu'il t'amusera et te donnera une idée de ma nouvelle vie. Bien que calme, elle est agréable et variée.

Kitty et Minnie sont très gentilles et m'aiment bien, je fais tout ce que je peux pour elles, mais elles m'intéressent moins que Tina et les neveux du professeur : Franz et Emil. Ces deux derniers sont des garçons selon mon cœur, dans un état de perpétuelle effervescence que j'attribue au mélange de sang allemand et américain. Les samedis après-midi sont particulièrement mouvementés, soit que nous restions à la maison ou partions nous promener tous ensemble, comme un pensionnat, le professeur et moi en guise de surveillants. Je t'assure que nous nous amusons comme des fous.

Lui et moi sommes maintenant de très bons amis et j'ai commencé à prendre des leçons d'allemand.

Cela s'est fait d'une si drôle de façon qu'il faut que je te la raconte, en commençant par le commencement.

L'autre jour, Mme Kirke fouillait dans la chambre du professeur, en me voyant passer devant la porte elle m'a appelée.

— Avez-vous jamais vu pareil taudis ? m'a-t-elle dit. Venez donc m'aider à remettre ces livres en place, car j'ai tout bouleversé en cherchant une demi-douzaine de mouchoirs. Je les lui ai offerts il y a peu de temps et n'en retrouve plus trace.

Après une perquisition en règle, nous avons remis la main sur trois des mouchoirs. L'un couvrait la cage du serin, l'autre était taché d'encre et le troisième complètement brûlé.

— Quel homme ! a dit Mme Kirke, en riant gaiement. Je pense que les autres mouchoirs sont transformés en voiles de bateaux, en pansements pour doigts coupés ou en queue de cerf-volant ! C'est affreux, mais je ne peux pas le gronder. Il a

tant de bonne volonté ! Mais il est si distrait qu'il laisse les enfants jouer avec toutes ses affaires ! J'avais convenu de lui faire sa lessive et son raccommodage, mais il oublie de me donner son linge et moi de venir le chercher. Cela le met parfois dans des situations critiques.

— Laissez-moi faire son raccommodage, lui ai-je dit. Il n'a pas besoin de le savoir et cela me ferait plaisir. Il me prête si gentiment ses livres !

Les choses ainsi arrangées, j'ai remis en état deux paires de chaussettes auxquelles ses étranges reprises avaient donné une forme tout à fait bizarre.

J'achevais de réparer la dernière, l'autre soir, tout en écoutant le professeur donner une leçon. La porte était restée ouverte et je ne perdais pas un mot de ce qu'il disait à un pauvre garçon pour le moins aussi obtus que moi-même. Quand l'élève a été parti, j'ai pensé qu'il l'avait suivi et me suis mise idiotement à décliner à haute voix un verbe allemand tout en me balançant dans mon fauteuil. Tout à coup, j'ai vu le professeur debout devant moi. Il me regardait en riant.

— Ainsi, m'a-t-il dit, vous me surveillez et moi, je vous espionne ! Il n'y a pas de mal à cela. Mais dites-moi – je ne plaisante pas – aimeriez-vous apprendre l'allemand ?

— Oui. Mais vous êtes trop occupé pour me donner des leçons et moi trop bête pour en profiter.

Je crois bien qu'en disant cela je suis devenue aussi rouge qu'un coquelicot.

— Bah ! m'a-t-il dit. Il y a toujours moyen de s'arranger. Quoi qu'en pense Mme Kirke, je sais bien que les chaussettes ne se raccommodent pas toutes seules et que les boutons ne repoussent pas d'eux-mêmes au moment précis où ils sont décidés à tomber ! Je vous interdirai de jouer les bonnes fées si vous ne venez de temps en temps prendre une leçon…

Naturellement je ne pouvais pas refuser… Et puis c'est une chance si inespérée pour moi !

J'ai pris quatre bonnes leçons et puis à la cinquième je me suis embourbée dans la grammaire… Le professeur a été très patient, mais je sentais bien que je le faisais souffrir. Il me regardait avec une telle expression de calme désespoir que je ne savais plus si je devais rire ou pleurer. Enfin, il a eu un geste de colère : saisissant le livre, il l'a jeté par terre et a quitté la pièce. Je ne pouvais le blâmer, mais me sentais horriblement malheureuse… J'allais remonter dans ma chambre, lorsqu'il est revenu, l'air aussi rayonnant que si je m'étais couverte de gloire.

— Nous allons changer de méthode et lire ensemble les contes d'Andersen, m'a-t-il dit ; quant à cette horrible grammaire, pour la punir nous la laisserons au coin… en pénitence !

N'est-ce-pas que c'était gentil ?

Cette façon de travailler me réussit beaucoup mieux et depuis, j'ai l'impression de faire vraiment des progrès.

Je suis contente de ce que tu me dis au sujet de Laurie. Tu vois que ton influence sur lui est bien meilleure que la mienne. Je n'ai jamais su, moi, obtenir de lui qu'il travaille, ne fume plus et se laisse repousser les cheveux… Continue, ma chérie, mais n'en fais pas un petit saint… Donne-lui de mes nouvelles, car je n'ai pas le temps de lui écrire, et c'est tout aussi bien ainsi.

Je t'embrasse de tout mon cœur.

Jo. »

« *Janvier.*

Un joyeux Nouvel An à toute ma chère famille. Et aussi à M. Laurentz et à Teddy.

Je ne peux vous dire à quel point j'ai été heureuse de votre colis de Noël. Je ne l'ai eu que le soir tard après avoir perdu tout espoir de le voir jamais arriver. Votre lettre reçue le matin n'en parlait pas. Vous vouliez sans doute m'en faire la surprise, mais j'étais déçue, car j'avais le sentiment que vous ne pouviez oublier de m'envoyer quelque chose. Quand j'ai vu arriver ce colis énorme, cabossé, couvert de boue, je l'ai serré contre moi et me suis mise à danser. Merci à tous, des milliers de fois !

Au Jour de l'an, M. Bhaer m'a offert un très beau Shakespeare, qu'il aime beaucoup et que j'avais souvent admiré en place d'honneur entre sa Bible allemande, Platon, Homère et Milton. Aussi vous pouvez imaginer ma joie et ma fierté quand il m'a montré ces mots écrits sur la première page : «De mon ami, Friedrich Bhaer» et m'a donné le livre.

Il m'a dit qu'un Shakespeare à lui seul valait toute une bibliothèque, aussi maintenant, je parle de « mes livres » comme si j'en avais des tas !

Il y eut aussi un bal masqué, où personne ne m'a reconnue, et je me suis bien amusée. Moins cependant que si j'avais été auprès de vous tous. Mais je ne puis regretter ce séjour. Il me semble qu'au retour vous me trouverez très « améliorée » et bien plus raisonnable.

Mais tout cela ne change rien à mon cœur qui continue à vous aimer tout autant, si ce n'est davantage.

Votre très affectueuse
Jo. »

chapitre 11

Un ami

Très heureuse dans sa nouvelle situation et très occupée par son travail quotidien, Jo eut néanmoins la possibilité de se remettre à écrire. Elle y trouvait son plaisir, mais aussi, elle en espérait la fortune et la célébrité. Elle avait décidé que la gloire serait pour elle et l'argent pour les autres.

Son premier désir était d'offrir à Beth tout ce qu'elle pouvait souhaiter, depuis des fraises en plein hiver jusqu'à un orgue dans sa chambre à coucher.

En ces temps troublés d'après-guerre, tous les Américains, y compris l'élite, accordaient leur préférence à la littérature populaire d'un effet facile et faussement pathétique.

Sans en rien dire à personne, Jo combina une aventure à faire frémir et la porta à M. Dashwood, éditeur du *Weekly Volcano*. Vêtue avec le plus grand soin, elle grimpa les deux étages d'un escalier sombre et sale, en se répétant tout bas qu'elle n'était ni nerveuse, ni intimidée. Elle entra dans une pièce dont le désordre ne disparaissait pas entièrement dans la fumée de cigare dont elle était emplie.

Elle se trouva en présence de trois messieurs. Ceux-ci, le chapeau sur la tête et les pieds sur les meubles, ne rectifièrent pas leur tenue en la voyant entrer, et Jo, quelque peu déconcertée par cette réception, murmura d'une voix embarrassée :

— Excusez-moi… Est-ce bien ici le *Weekly Volcano* ? Je voudrais voir M. Dashwood.

La paire de semelles située sur le plus important des bureaux s'abaissa. L'homme le plus environné de fumée se leva et s'approcha de Jo d'un air absolument endormi, continuant à rouler inconsciemment son cigare entre ses doigts.

Réprimant son envie de fuir, Jo extirpa de son sac son manuscrit et, rougissant davantage à chaque mot, bafouilla quelques fragments du petit discours laborieusement préparé pour la circonstance.

— Une de mes amies… m'a chargée de vous proposer un… une histoire. C'est seulement un essai… elle aimerait avoir votre opinion… et… serait heureuse d'en écrire d'autres… si celle-ci vous convenait…

Tandis qu'elle parlait et rougissait, M. Dashwood avait pris le manuscrit, et de ses doigts aux ongles noirs, tournait les pages propres tout en s'arrêtant de-ci, de-là pour examiner d'un œil critique quelques phrases prises au hasard.

— Ce n'est pas un premier essai? dit-il, impressionné par la bonne présentation de l'ouvrage.

— Oh! non. Mon amie a déjà une certaine expérience. Elle a même gagné un prix de la « Blarneystone Banner ».

— Vraiment? questionna l'éditeur avec un rapide coup d'œil qui semblait enregistrer tout ce que Jo portait sur elle depuis le ruban de son chapeau jusqu'aux boutons de ses bottines.

— Eh bien, laissez-moi ce manuscrit. Nous recevons de ce genre de romans plus que nous n'en avons l'emploi, mais… je jetterai un coup d'œil sur le vôtre et vous rendrai réponse la semaine prochaine.

Jo n'avait aucune envie d'abandonner son œuvre aux mains de cet homme qui ne lui plaisait pas, mais elle ne pouvait faire autrement.

Un petit ricanement qui lui parvint à travers la porte close, sitôt que M. Dashwood l'eut refermée sur elle, acheva de jeter la perturbation dans son âme. Presque décidée à ne jamais remettre les pieds dans ce lieu, elle rentra précipitamment chez Mme Kirke, et épuisa son mécontentement à ourler des tabliers. Deux heures plus tard, elle avait retrouvé assez de sang-froid pour rire de sa mésaventure et commencer déjà à espérer une réponse favorable.

Quand elle retourna la chercher, la semaine suivante, M. Dashwood était seul. Cette fois, il avait l'air éveillé et n'était pas absorbé dans son cigare au point d'oublier la plus élémentaire politesse. Aussi ce second entretien fut-il beaucoup plus agréable que le premier.

— Nous prendrons ceci, dit-il (jamais un éditeur ne dit « je »), si vous acceptez certaines modifications. Cette histoire est beaucoup trop longue, mais j'ai enlevé ce qui était inutile, et ce qui reste est bien suffisant.

Jo reconnut à peine son manuscrit sous les biffages et corrections dont il était couvert et, éprouvant à peu près le sentiment que doit ressentir une mère à qui l'on demande de couper les jambes de son enfant pour le mettre à la taille de son berceau, elle regarda les passages supprimés et s'aperçut avec surprise que c'étaient tous ceux où elle s'était efforcée d'inclure des réflexions d'ordre moral.

— Mais…, monsieur…, dit-elle, je croyais qu'il était nécessaire… de… d'obtenir le repentir de quelques pécheurs…

L'air grave de M. Dashwood s'effaça un instant sous un sourire ironique, car Jo avait cette fois oublié « mon amie » pour parler en son propre nom.

— Les lecteurs veulent être amusés, riposta-t-il brièvement, et non pas sermonnés.

— Et vous pensez qu'avec ces suppressions, ce… cet ouvrage pourrait convenir ?

— Oui. L'intrigue est assez neuve, et bien composée. Le style est bon.

— Quel prix… enfin, je veux dire quelle rétribution ?… bafouilla Jo, ne sachant quel mot employer.

— Ah ! oui, je vois, fit l'éditeur d'un air dégagé comme s'il s'agissait là d'un détail sans importance. Nous donnons de vingt-cinq à trente dollars pour un ouvrage de ce genre. Paiement à la parution.

— Prenez-le, dit Jo, lui rendant le manuscrit d'un air satisfait, car, après avoir travaillé à un dollar la colonne, le prix offert par M. Dashwood paraissait avantageux.

Inconsciente de son précédent lapsus et rendue audacieuse par son succès, Jo reprit :

— Puis-je dire à mon amie que vous en accepteriez d'autres si elle en avait de meilleurs que celui-ci ?

— Eh bien, oui ! Nous ne pouvons rien promettre, mais nous lirons ses textes. Dites-lui de les faire brefs et bien épicés et de ne jamais se préoccuper de morale. Sous quel nom faudra-t-il publier cette nouvelle ?

— Aucun, s'il vous plaît, s'écria Jo précipitamment en devenant écarlate. Elle ne désire pas que son nom soit divulgué.

— Ce sera comme elle voudra, bien entendu. Ce texte paraîtra la semaine prochaine. Dois-je envoyer l'argent ou viendrez-vous le chercher ?

— Je viendrai, riposta Jo. Au revoir, monsieur.

Et elle s'esquiva rapidement sans donner à M. Dashwood le plaisir de percer à jour l'identité de sa nouvelle collaboratrice.

Comme beaucoup de jeunes auteurs, Jo alla chercher très loin ses scènes et ses personnages : des bandits, des marquis, des bohémiennes, des religieuses et des duchesses apparurent entre ses pages et jouèrent très honorablement des rôles extravagants. Les lecteurs ne s'intéressaient guère aux détails tels que la grammaire, la ponctuation et la vraisemblance, et M. Dashwood autorisa aimablement Jo à remplir les colonnes de son journal aux tarifs les plus bas, sans lui expliquer que la véritable raison de sa libéralité était le départ soudain de l'un de ses poulains qui avait trouvé ailleurs une rémunération plus substantielle.

La jeune fille s'intéressa à son travail en voyant sa bourse se remplir. La petite réserve qu'elle amassait pour emmener Beth à la montagne l'été prochain grossissait lentement mais sûrement de semaine en semaine, et elle voyait avec plaisir ce rêve se transformer en une éventualité parfaitement réalisable. Son seul regret était d'agir en secret de sa famille. Il lui semblait que ni son père, ni sa mère n'approuveraient ce genre de littérature. Mais, poussée par son caractère indépendant, Jo entendait bien gagner son argent comme elle le pouvait, quitte à demander ensuite éventuellement son pardon pour les erreurs commises.

Ses œuvres n'étant jamais signées de son nom, elle ne risquait pas d'être découverte, et comme elle n'écrivait rien dont elle pût avoir réellement honte, elle étouffait ses scrupules en imaginant la minute délectable où elle montrerait à sa famille son petit trésor si laborieusement gagné, et dévoilerait enfin son secret.

M. Dashwood rejetant impitoyablement tout ce qui n'était pas péripéties pathétiques, Jo, contrainte de torturer les âmes de ses lecteurs, s'aperçut vite que son innocente expérience de la vie ne lui avait jamais permis de pénétrer les tragiques dessous de la société.

Fébrilement, considérant que c'était son devoir le plus strict, elle se mit à réunir les matériaux nécessaires à ses innovations. Elle fouilla les journaux à la recherche de crimes et d'accidents, éveilla la suspicion des libraires en demandant des ouvrages sur les poisons, étudia le visage des passants dans la rue et les caractères de tous ceux qu'elle pouvait approcher sans se rendre compte que ces fréquentations néfastes – même limitées au seul domaine de l'imagination – l'entraînaient sur une mauvaise pente.

Elle se nourrissait imprudemment de passions assez nocives pour en être contaminée, et en aurait certainement souffert si, par chance, elle n'avait eu à cette époque de sa vie la possibilité de côtoyer un homme véritablement digne de ce nom.

La bonté du professeur Bhaer avait frappé la jeune fille. En tant qu'écrivain à la recherche de caractères originaux, elle entreprit de disséquer à fond celui de ce personnage, étude qui eût profondément stupéfié le brave homme s'il l'avait connue, car sa modestie le poussait à se considérer comme indigne de toute curiosité.

Jo chercha d'abord à déterminer les raisons qui lui valaient la sympathie de tous ceux qu'il rencontrait. Il n'était ni riche, ni brillant, ni jeune, ni élégant, et cependant il exerçait un pouvoir attractif assez semblable à celui que dégage un âtre flambant alors que le froid sévit au-dehors.

« Il rayonne de bienveillance », se dit Jo avec l'impression d'avoir fait une découverte capitale. Jamais encore elle n'avait réalisé que cette bonne volonté permanente, cette disponibilité à l'égard de tous, pouvaient avoir assez de charme et de puissance pour donner de la grâce à un lourd Allemand, qui s'empiffrait aux repas et reprisait ses chaussettes. Ses bizarreries et ses distractions elles-mêmes finissaient par ne plus exciter ni pitié ni moqueries tant elles paraissaient être l'indispensable complément de ce caractère qui savait n'attacher aux détails que la valeur qu'ils méritent.

Un jour elle apprit par Mme Norton que le professeur avait une grande réputation dans son pays natal. L'admiration que la jeune fille en conçut fut d'autant plus grande que jamais Friedrich Bhaer ne lui avait parlé de son passé, et que des pensionnaires y avaient fait allusion sans obtenir de lui aucune réponse permettant de croire qu'il eût acquis la moindre célébrité.

Mme Norton, qui avait ses entrées dans une société littéraire de haut renom, emmena un soir Jo et le professeur Bhaer à un banquet donné en l'honneur de certaines personnalités en vue. Jo se sentait d'avance pleine de respect pour les grands noms et les hommes de génie qu'elle allait – pour une fois – pouvoir approcher de près. Le résultat de cette soirée fut cependant tout différent de ce qu'elle en escomptait : au lieu d'en revenir éclaboussée de gloire, elle en rapporta seulement la notion que les grands hommes ne sont, somme toute, que des êtres humains comme les autres.

Le poète, dont les vers éthérés donnaient à penser qu'il se nourrissait de rosée, affichait ostensiblement un appétit d'ogre. Le grand théologien somnolait entre deux dames qui se disputaient l'honneur de lui parler. Le brillant nouvelliste oscillait avec une régularité de pendule entre deux carafes de vin de premier choix. Les notoriétés scientifiques oubliaient microbes, mollusques et formules techniques pour parler d'art en dégustant des huîtres. Le jeune musicien – second Orphée, disait-on – ne s'intéressait qu'aux courses de chevaux, et le plus glorieux spécimen de la noblesse britannique était l'homme le plus vulgaire de toute la société présente.

Jo, passablement désillusionnée, se retira dans un coin désert où le professeur Bhaer ne tarda pas à venir la rejoindre. Lui aussi semblait assez dépaysé, mais leur retraite fut bientôt envahie par quelques philosophes qui, ayant enfourché leurs dadas préférés, venaient en discuter.

La conversation dépassait de beaucoup l'entendement de Jo, totalement ignorante de ces dieux nouveaux qui avaient nom Kant et Hegel. Mais elle s'efforçait d'écouter, en dépit d'un mal de tête croissant, et apprit ainsi que le monde était en pleine transformation, que le prochain serait infiniment mieux que l'actuel, que la religion était en bonne voie de disparition et que l'Intelligence serait l'unique divinité de cet enviable futur.

Jo, à demi heureuse, à demi peinée par ces déconcertantes nouveautés, éprouvait la désagréable sensation d'être entraînée sur un sol mouvant où toutes les vérités connues et vénérées se dérobaient sous ses pas. Elle se tourna vers le professeur, se demandant quelle pouvait être son opinion, et croisa son regard posé sur le sien avec l'expression la plus farouchement menaçante qu'elle lui eût jamais vue.

Il secoua la tête et l'invita d'un geste à s'éloigner mais Jo, comme fascinée, demeura sur sa chaise, attendant d'apprendre sur quels nouveaux fondements les philosophes prétendaient reconstruire le monde.

Le professeur était un homme réservé, peu enclin à exposer ses propres théories. Il endura les éclats de cette brillante discussion aussi longtemps qu'il le put puis, soudain, se lança dans la bagarre avec une honnête indignation et défendit la religion avec toute l'éloquence que peut donner une conviction absolue. Et sa fougue était telle que son accent étranger en devenait musical et que son visage vulgaire rayonnait de foi. Il dut se défendre âprement, car ses contradicteurs argumentaient ferme et parlaient bien. Mais s'il ne parvint pas à les convaincre, il obtint néanmoins un résultat salutaire : en l'écoutant, Jo comprit que ses anciennes croyances n'étaient pas des mythes, et tout ce que les philosophes venaient de détruire par leurs théories reprit soudain corps et vie grâce à l'honnête intervention de Friedrich Bhaer.

Jo n'applaudit pas lorsqu'il se tut enfin, mais, plus tard, se ressouvenant de cette scène, elle admira l'homme timide qui avait si audacieusement parlé en public, simplement parce que sa conscience lui interdisait de se taire, et estima à sa juste valeur la force de caractère dont il avait fait preuve en cette circonstance.

Elle ne fit qu'en désirer davantage son estime. Mais au moment où elle la souhaitait le plus, elle faillit la perdre à tout jamais.

Cela se passa un soir, par la faute d'un chapeau de papier que Tina avait confectionné et posé sur la tête du professeur. Celui-ci l'avait totalement oublié et quand il vint donner sa leçon à Jo, il portait encore ce ridicule couvre-chef. Jo ne put s'empêcher d'en rire et le professeur l'enleva. Tout cela n'aurait eu aucune gravité si les choses en étaient restées là. Malheureusement le professeur, dépliant le journal, avisa une image particulièrement suggestive et dit d'un air dégoûté :

— Je regrette que de pareilles publications entrent dans cette maison. Il n'est pas bon pour les enfants de les voir et encore moins de les lire. Je ne peux avoir que mépris pour ceux qui produisent cette littérature malsaine.

Sur le journal incriminé, une extraordinaire image représentait un fou, un cadavre, un bandit et une vipère. Ce n'était pas la curiosité qui avait poussé Jo à regarder cette illustration mais la peur. Elle avait craint que ce fût un exemplaire du *Volcano*, et oublié qu'en ce cas, et même si l'une de ses œuvres y figurait, son anonymat l'aurait préservée de tout soupçon.

Ce n'était pas le *Volcano*. Cependant sa rougeur et son coup d'œil intempestif avaient trahi la jeune fille aussi bien que l'eût pu faire son nom au bas d'un article. Le professeur était distrait, mais il remarquait infiniment plus de choses qu'il ne le laissait paraître.

Il savait que Jo écrivait, mais comme elle ne lui en avait jamais parlé, il s'était gardé d'aborder ce sujet malgré son grand désir de connaître les œuvres de son élève.

Ce soir-là, il comprit à quel genre de littérature Jo devait s'adonner, et devina qu'elle en avait honte.

Il déchira le journal et dit gravement :

— J'aimerais mieux voir mes neveux jouer avec des explosifs que lire ces ordures…

— Tout n'y est peut-être pas mauvais. Plutôt stupide ! Et si cela se vend, je ne vois pas pourquoi on ne chercherait pas à satisfaire aux demandes… Il est possible que des gens honnêtes gagnent leur vie en collaborant à de pareils journaux !

— Si ces gens honnêtes savaient le mal qu'ils font, ils ne trouveraient plus leur gagne-pain aussi honorable. Non ! S'ils prenaient la peine de réfléchir, ils préféreraient balayer la rue plutôt que faire un pareil métier.

M. Bhaer parlait avec une telle assurance qu'il semblait à Jo que les mots *Weekly Volcano* étaient inscrits en lettres de feu sur son front, et son argent, si péniblement gagné, pesait lourd sur sa conscience. Mais elle se rassura à la pensée que ses écrits étaient plus bêtes que nocifs, et qu'il n'y avait pas lieu de s'en inquiéter. Cependant, lorsqu'elle se retrouva dans sa chambre, son premier geste fut de sortir ses manuscrits et de relire soigneusement chacun d'eux.

Elle fut épouvantée de ce qu'elle y découvrit. Ses nouvelles n'étaient pas seulement stupides, elles étaient parfaitement capables d'inciter les jeunes à mal faire.

— Et elles sont de pire en pire ! s'exclama-t-elle, avec désespoir, s'apercevant pour la première fois que son désir de satisfaire M. Dashwood l'avait poussée à créer des œuvres de plus en plus sensationnelles et de plus en plus pernicieuses.

Qu'arriverait-il si sa famille découvrait ces ouvrages indignes d'elle ? Ou si M. Bhaer en avait connaissance ?

Cette simple idée bouleversa la pauvre Jo qui, au risque de provoquer un feu de cheminée, jeta aussitôt tous ses papiers dans le poêle où les flammes lumineuses eurent tôt fait de réduire ses malsaines divagations en un amas de cendres noires bordées de franges flamboyantes.

Quand tout son travail de ces trois derniers mois eut été anéanti, Jo se souvint qu'il en subsistait encore les dollars enfermés dans sa bourse. Elle les prit et s'assit à terre, se demandant ce qu'elle devait en faire.

Longtemps elle médita, incertaine. Puis elle conclut qu'elle pouvait garder cet argent en rétribution du temps passé, mais qu'il lui fallait désormais orienter son talent vers un autre genre de littérature.

Le printemps revint avant qu'elle eût trouvé sa voie. Seul le professeur remarqua certains changements dans son attitude. Il devina qu'elle avait abandonné cette fausse piste et il en fut satisfait. Il s'intéressa plus que jamais à la jeune fille et elle gagna à ce contact, non seulement une plus grande connaissance de la langue allemande, mais aussi un jugement plus sain et une amitié loyale qui devait avoir un profond retentissement sur toute sa vie.

Ce fut une heureuse période pour Jo. Une lettre de sa mère, l'assurant que Beth était beaucoup moins triste, la tranquillisa au sujet de sa sœur. Mais elle lui apporta d'autres inquiétudes en lui apprenant que si Beth n'était nullement amoureuse de Laurie, en revanche, le pauvre Teddy attendait le retour de sa grande Jo avec une impatience non dissimulée. Sagement, la jeune fille préféra n'y point songer et ses dernières semaines à

New York passèrent avec une extraordinaire rapidité.

Il avait été décidé qu'elle rentrerait en juin. Mme Kirke, comme les enfants, en parut désolée. Mais le plus attristé fut certainement le professeur Bhaer.

En prenant congé de lui le dernier soir, elle lui dit affectueusement :

— Venez à la maison quand vous le pourrez. Je n'oublierai jamais ce que vous avez fait pour moi, et voudrais que toute ma famille connaisse celui qui a été mon meilleur ami, ici.

— Croyez-vous que ce soit possible ? questionna le professeur, avec un regard anxieux qui échappa à Jo.

— Oh ! Oui. Venez le mois prochain. Laurie sera là, ce sera merveilleux.

— Laurie est votre ami d'enfance, n'est-ce pas ?

— Oui. C'est « Teddy mon garçon ». Je suis très fière de lui et j'aimerais vous le faire connaître.

En disant ces mots, Jo ne pensait qu'à l'innocent plaisir qu'elle aurait à présenter l'un à l'autre ses deux meilleurs et pourtant si dissemblables amis. Mais M. Bhaer dut imaginer autre chose, car son visage se renfrogna imperceptiblement et il souhaita le bonsoir à Jo en s'excusant de ne pouvoir accepter son invitation, tout au moins avant un délai de plusieurs mois.

— Mais je viendrai sûrement, ajouta-t-il gravement.

Et cette promesse tintait encore aux oreilles de Jo lorsque le train démarra le lendemain matin tandis qu'elle supputait les résultats de cette année d'absence.

« Je n'ai pas écrit de livres, se disait-elle. Je n'ai gagné ni la gloire, ni la fortune. Mais je me suis fait un véritable ami et j'espère bien le garder toute ma vie. »

chapitre 12

Peines de cœur

Les succès de Laurie à la distribution de prix de cette année-là furent foudroyants.

Tout le monde assista à la cérémonie : son grand-père, si fier ! M. et Mme March, Meg et John, Jo et Beth et tous, enthousiasmés, le félicitèrent, sans qu'aucun d'eux connût la raison qui l'avait poussé à si bien travailler.

La journée s'achevait par un dîner au collège qui priva Laurie du plaisir de rentrer le soir même avec ses amis et sa famille, mais il leur promit d'arriver le lendemain de très bonne heure.

— Vous viendrez au-devant de moi, les filles ? questionna-t-il.

— Je viendrai, Teddy, affirma Jo, qu'il pleuve ou qu'il vente et je vous précéderai avec une crécelle, en chantant une marche triomphale.

Laurie la remercia d'un tendre sourire qui donna beaucoup à penser à la pauvre Jo. « Il veut me parler, se dit-elle. Il va me parler, c'est sûr ! Que vais-je devenir ? »

Le lendemain matin, dès qu'elle vit sa haute silhouette se profiler sur la route, elle fut prise d'une irrésistible envie de fuir. Mais Laurie cria gaiement :

— Où est la crécelle ?

Et cette phrase, qui n'avait rien d'une déclaration d'amour, la rassura légèrement. Elle s'avança au-devant de lui, à une allure modérée, puis, rompant avec toutes les traditions, s'abstint de lui donner le bras. Laurie ne s'en plaignit pas, ce qui était mauvais signe. Il parlait avec entrain de toutes sortes de sujets variés et Jo espérait déjà s'être trompée, lorsque, atteignant le petit sentier qui conduisait aux charmilles, elle remarqua que son compagnon ralentissait le pas, perdait sa loquacité et finalement sombrait dans un silence qui lui parut menaçant. Pour y couper court, elle lança prestement une phrase quelconque :

— Maintenant, vous allez pouvoir prendre de bonnes et longues vacances…

— J'en ai bien l'intention.

Il y avait dans la voix de Laurie un accent qui incita Jo à lui jeter un rapide coup d'œil et dès qu'elle eut découvert l'expression de son visage, elle comprit que le moment redouté était proche. Alors elle leva vers lui ses mains dans un geste implorant et supplia :

— Non ! Teddy, je vous en prie…

— Une explication est indispensable entre nous, Jo ! À quoi sert d'attendre ? Le plus tôt sera le mieux pour vous comme pour moi.

Il était devenu tout rouge en prononçant ces mots, et son ton était saccadé.

— Alors, murmura Jo avec une sorte de patience désespérée, dites ce que vous avez à dire, je vous écoute…

Laurie attaqua son sujet de front avec l'énergie d'un être qui s'est longuement contenu et dévoile enfin sa pensée.

— Je vous aime depuis que je vous connais, Jo, et je n'y peux rien. J'aurais voulu vous le dire plus tôt, vous m'en avez toujours empêché. Aujourd'hui il me faut une réponse. Je ne peux plus attendre.

— Je voulais éviter ceci, murmura Jo. Je pensais que vous aviez compris.

— Je l'avais parfaitement compris, riposta Laurie, mais je me méfie des filles. Elles ne savent pas elles-mêmes ce qu'elles veulent. Elles disent « non » quand elles pensent « oui », et elles se font une joie de voir un homme perdre la tête par leur faute.

— Je ne suis pas comme cela ! affirma Jo. Je n'ai jamais souhaité vous voir vous attacher à moi, comme vous le faites et je ne suis partie à New York, que pour vous en empêcher.

— Je l'avais deviné. Cela vous ressemble tant ! Mais c'était inutile. Je n'ai fait que vous en aimer davantage. J'ai pensé à vous sans arrêt. C'est pour vous que j'ai travaillé, pour vous que j'ai cessé de fumer, de flirter, d'aller dans les cafés. Afin d'être, si possible, un peu plus digne de vous... d'arriver un peu plus haut que votre cheville...

Ici une toux involontaire arrêta Laurie, qui se mit à décapiter les boutons-d'or en s'éclaircissant la gorge.

— J'avais bien deviné, murmura Jo, que vous n'aviez fait tant d'efforts que pour moi seule... Je vous en suis très reconnaissante, Laurie, et je suis fière d'avoir pour ami un garçon comme vous !... mais, comprenez-moi, je vous aime beaucoup, mais je ne peux pas vous aimer comme vous le souhaitez.

— Est-ce vrai, Jo ? En êtes-vous bien sûre ?

Il s'était arrêté, et les mains de la jeune fille serrées dans les siennes, la questionnait à la fois de la voix et du regard, avec une ardeur qu'elle ne devait pas oublier de sitôt.

— C'est vrai ! Teddy, affirma-t-elle, dans un sursaut de toute sa volonté.

Ils étaient dans la charmille tout contre la barrière et, quand ces derniers mots tombèrent à regret des lèvres de Jo, Laurie lâchant ses mains se détourna, comme s'il allait partir. Mais pour une fois il renonça à escalader la barrière. Il appuya sa tête contre l'un de ses piliers moussus et se figea dans une immobilité si complète que Jo eut presque peur.

Le silence dura longtemps. On entendait un merle chanter dans le saule près de la rivière et les hautes herbes frémir au souffle du vent. Puis Jo s'assit à califourchon sur l'une des traverses et murmura gravement :

— Je voudrais vous dire quelque chose, Laurie !

Il sursauta comme sous l'effet d'un coup, rejeta la tête en arrière et jeta un cri farouche

— Non ! Ne me dites pas cela, Jo ! Je ne pourrai pas le supporter !

— Quoi donc « cela » ? demanda Jo, étonnée de cette violence.

— Que vous aimez ce vieux bonhomme.

— Quel vieux bonhomme ?

— Ce satané professeur dont vous parliez dans toutes vos lettres. Si vous me dites que vous l'aimez, je sens que je vais faire un malheur.

Et il semblait bien qu'en disant ces mots Laurie n'exagérait rien, tant il avait l'air bouleversé et hors de lui. Malgré son envie de rire, Jo reprit doucement :

— Ne jurez pas, Teddy, et rassurez-vous, je n'ai aucunement l'idée d'aimer le professeur Bhaer, ni personne d'autre au monde.

— Oui, mais un jour vous l'aimerez. Et alors… que deviendrai-je, moi ?

— Vous aimerez une autre jeune fille, comme un garçon intelligent que vous êtes et vous oublierez toutes les folies que vous me débitez en ce moment.

Teddy secoua la tête d'un air grave.

— Non, Jo ! Je n'en aimerai jamais une autre que vous et jamais je ne pourrai vous oublier !

Et comme pour accentuer cette déclaration passionnée, il frappa le sol d'un pied rageur.

Jo estima à ce moment que l'épreuve était encore pire qu'elle ne l'avait prévu.

— Asseyez-vous et écoutez-moi, dit-elle. Vous ne savez même pas ce que je voulais vous dire. Car, en vérité, je cherche à bien faire et voudrais vous voir heureux.

Elle espérait apaiser son camarade en le raisonnant, ce qui prouve bien qu'elle ignorait tout de l'amour, mais Laurie n'entrevit dans ses dernières paroles qu'une raison d'espérer. Il se jeta dans l'herbe à ses pieds et releva vers elle des yeux si implorants qu'il devint impossible à Jo de lui parler. Alors, gentiment, elle lui tourna la tête, caressant au passage ces cheveux qui n'avaient été autorisés à repousser que pour elle, et dit :

— Je pense, comme maman, que vous et moi ne sommes pas faits pour nous entendre. Avec nos caractères si emportés et nos volontés si énergiques, nous serions très malheureux, si jamais nous faisions la bêtise de…

Jo n'eut pas le courage de prononcer le dernier mot de sa phrase, mais Laurie le fit à sa place.

— Nous marier ! s'écria-t-il. Non, nous ne serions pas malheureux ! Si vous acceptiez de m'aimer, vous pourriez faire de moi tout ce qu'il vous plairait !

— Mais je ne peux pas vous aimer, Teddy ! C'est impossible. Soyons de bons amis toute notre vie durant et ce sera merveilleux si vous voulez bien être raisonnable.

— Si vous appelez être raisonnable, parler comme vous le faites en ce moment, je ne veux pas l'être, jamais ! Et je finirai par croire que vous n'avez pas de cœur, Jo !

— Je souhaiterais n'en avoir pas !

Il y eut une petite cassure dans la voix de Jo, tandis qu'elle prononçait ces mots, et Laurie reprit la parole, cherchant à profiter de ce moment de faiblesse pour expliquer à son amie qu'elle devait l'épouser, que tout les y poussait, que leurs familles elles-mêmes étaient d'accord et que son grand-père mourrait de chagrin si ce mariage ne se faisait pas.

— Quant à moi, affirma-t-il en manière de conclusion, je ne peux pas me passer de vous.

Longtemps après, Jo devait encore se demander comment elle avait pu avoir la force d'âme nécessaire pour ne pas céder aux instances de Laurie. Elle souffrait affreusement, mais tint bon, sachant qu'il aurait été encore plus cruel de laisser le malheureux garçon conserver le moindre espoir.

— Vous verrez que j'ai raison, lui affirma-t-elle dans un sursaut d'énergie, et un jour vous m'en remercierez.

Laurie la regarda un instant, comme ne sachant plus que dire, ni que faire. Enfin il se redressa et, brièvement, avec un accent de désespoir :

— Vous le regretterez, Jo ! lança-t-il en s'éloignant.

— Où allez-vous ? cria la jeune fille effrayée de l'expression égarée de son regard.

— Au diable ! fut la réponse peu rassurante du pauvre Teddy.

Il dévalait déjà la pente en direction de la rivière et il sembla à Jo que son cœur s'arrêtait de battre pendant plusieurs secondes.

Mais Laurie n'était pas de ceux que le désespoir pousse à l'irrémédiable. Il ne songeait nullement à se jeter à l'eau sous les yeux de celle qui venait de le repousser. Il cédait seulement à un instinct aveugle de courir droit devant lui. Quand il eut atteint sa barque, il se débarrassa de son chapeau et de sa veste puis, s'emparant des avirons, se mit à ramer de toutes ses forces, espérant que cet effort musculaire apporterait un peu de calme dans son cœur bouleversé.

Jo le regarda s'éloigner, sans bouger. Ses mains crispées se détendirent lentement, et elle s'en retourna pas à pas vers la maison, un vague sentiment d'angoisse au cœur, un peu comme si elle venait de prononcer la condamnation d'un innocent.

« Maintenant, se dit-elle, il faut mettre M. Laurentz au courant et lui recommander d'être très bon pour mon pauvre garçon. Je regrette qu'il ne soit pas épris de Beth. Cela aurait été tellement plus simple... »

Persuadée que personne ne pourrait le faire aussi bien qu'elle, Jo alla bravement trouver M. Laurentz et lui raconta froidement toute l'affaire. Mais quand ce fut fini, elle se sentit si malheureuse qu'elle éclata en sanglots, se reprochant tout haut sa propre froideur.

Le vieux monsieur, bien que déçu dans ses espoirs, et ne comprenant pas comment une fille pouvait ne pas brûler du désir d'épouser son petit-fils, ne fit aucun reproche à la pauvre éplorée. Il cacha ses sentiments et se préoccupa seulement de savoir comment il pourrait guérir Laurie de son chagrin.

Quand celui-ci revint à la maison, fatigué au point d'en paraître calme, son grand-père se comporta comme s'il n'était au courant de rien. Mais lorsqu'ils se retrouvèrent assis au crépuscule – ce moment de la journée que tous deux préféraient – il devint très pénible pour le vieux monsieur de bavarder comme à l'ordinaire et encore plus dur pour le jeune homme de l'écouter.

Laurie supporta cette épreuve aussi longtemps qu'il le put, puis il alla au piano et se mit à jouer. Les fenêtres étaient ouvertes, et Jo, se promenant dans le jardin avec Beth, pour une fois comprit la musique mieux que sa sœur. Laurie jouait la *Pathétique* comme jamais encore il ne l'avait jouée.

— C'est très beau, murmura M. Laurentz, mais c'est triste à pleurer. Ne pourriez-vous choisir quelque chose de plus gai ?

Laurie se lança dans une polka qu'il interpréta, pendant quelques minutes, avec une fougue rageuse. Il l'aurait peut-être achevée dans ce même rythme, si, pendant une pause, la voix de Mme March ne s'était élevée.

— Jo chérie, venez ! j'ai besoin de vous.

Exactement les mots que Laurie aurait tant voulu prononcer lui-même ! Les notes se brouillèrent devant ses yeux, la musique mourut sous ses doigts et le silence emplit la pièce sombre.

M. Laurentz se leva. Cette souffrance de son petit-fils lui était impossible à supporter. Il s'approcha de lui, posa ses deux mains sur ses épaules et murmura aussi doucement qu'aurait pu le faire une femme :

— Je sais, mon garçon, je sais tout.

La réponse se fit attendre un instant, puis Laurie questionna âprement :

— Qui vous l'a dit ?

— Jo, elle-même.

— Alors, il n'y a plus le moindre espoir et ce n'est même pas la peine d'en parler !

Laurie se redressa en repoussant brutalement les mains affectueuses de son grand-père. Sa sympathie lui était précieuse, mais sa fierté d'homme ne pouvait accepter la pitié d'un autre homme. M. Laurentz ne s'en étonna pas et reprit avec la même douceur :

— Nous n'en parlerons plus, mais auparavant je voudrais régler un détail. Je suppose que vous n'avez pas grande envie de rester ici, à présent ?

— Je n'ai pas l'intention de me sauver devant une fille. Jo ne peut pas m'empêcher de la voir et je resterai ici à la regarder aussi longtemps qu'il me plaira.

— Certainement pas, si vous êtes le galant homme que je crois. Je comprends et partage votre déception, mais Jo ne doit pas en souffrir. La seule conduite possible pour vous est de vous éloigner pendant quelque temps, Laurie. Où aimeriez-vous aller ?

— Nulle part! s'écria le jeune homme avec un ricanement amer. Je me moque bien de ce que je vais devenir à présent!

— Ne dites pas d'absurdités. Et surtout n'en faites pas! Soyez digne. N'aviez-vous pas projeté d'aller sur le Continent?

— Je n'ai jamais eu l'intention d'y aller seul! s'écria Laurie en arpentant la pièce avec une expression qu'heureusement son grand-père ne vit pas.

— Je ne vous demande pas d'y aller seul! Je connais quelqu'un qui serait content d'aller avec vous en n'importe quel coin du monde et qui est prêt à le faire.

— Qui cela?

— Moi!

Laurie revint sur ses pas aussi rapidement qu'il s'était éloigné.

— Je ne suis qu'une brute égoïste, grand-père, dit-il. Vous détestez voyager et ne peux vous demander de m'accompagner à votre âge!

Il se sentait ému par cette offre, mais s'il lui fallait partir, il aurait préféré cent fois partir seul.

M. Laurentz le savait parfaitement, mais l'état dans lequel il voyait son petit-fils l'inclinait à penser que ce n'était justement pas le moment de le laisser seul. Aussi refrénant un très naturel regret à la pensée de tout le confort dont il lui fallait se séparer :

— Je ne suis pas encore centenaire, dit-il. Cette perspective me plaît beaucoup, et voyager de nos jours n'est guère plus fatigant que rester assis dans son fauteuil. D'ailleurs, je compte bien n'être ni une gêne, ni un fardeau pour vous. J'ai des amis à Londres et à Paris que je serais heureux de revoir et pendant ce temps vous pourrez circuler à votre fantaisie, en Italie, en Allemagne ou en Suisse et vous distraire, comme vous l'entendrez.

Laurie soupira et dit :

— Comme vous voudrez, grand-père, je n'attache aucune importance à l'endroit où j'irai, ni à ce que j'y ferai…

— Mais moi, j'en attache une très grande. Ne l'oubliez pas, mon garçon. Je vous laisse une entière liberté, mais je vous demande d'en faire un emploi honnête. Promettez-moi cela, Laurie.

— Tout ce que vous voudrez, grand-père !

M. Laurentz était un homme énergique. Il savait qu'il faut battre le fer quand il est chaud et avant que son petit-fils n'ait retrouvé la force de se rebeller devant sa décision, ils étaient déjà loin.

chapitre 13

Le secret de Beth

À son retour de New York, Jo avait été frappée du changement survenu chez Beth. Personne ne semblait l'avoir remarqué, personne n'en parlait, car les forces de Beth avaient décliné très doucement, et ceux qui vivaient auprès d'elle ne s'en étaient pas aperçus. Mais une longue absence donne plus d'acuité au jugement, et Jo fut douloureusement surprise en retrouvant sa sœur. Son visage n'était guère plus pâle et à peine plus émacié qu'à l'automne, mais on eût dit que ses traits rayonnaient d'une beauté presque immatérielle.

Cette première impression très vivement ressentie par Jo s'atténua graduellement, à mesure qu'elle s'accoutumait à l'expression nouvelle de ce visage et constatait que sa sœur avait retrouvé toute la gaieté et l'entrain de son enfance. Cela la rassura et pendant quelque temps, préoccupée par d'autres soucis, elle oublia ses craintes.

Mais quand Laurie fut parti, quand la paix fut revenue en elle et autour d'elle, Jo revit avec anxiété les stigmates de la maladie sur le visage de Beth.

Elle estima que l'argent gagné à New York ne pouvait être mieux employé qu'à rendre la santé à sa sœur et proposa à celle-ci un séjour en montagne. Beth la remercia affectueusement, mais lui dit qu'elle souhaitait ne pas s'éloigner autant de chez elle et préférait se rendre au bord de la mer.

Mme March ne voulant pas abandonner Meg et ses bébés, ce fut Jo qui accompagna Beth. Elle choisit une petite plage peu fréquentée, où elles ne se lièrent avec personne, se contentant de vivre l'une pour l'autre sans jamais se quitter. Jo se demandait si sa sœur se rendait compte de son état et quelles pouvaient être ses pensées lorsque – des heures durant – immobile, silencieuse, allongée sur les rochers tièdes de soleil, elle se laissait bercer au rythme de la mer.

Un jour, Beth était si parfaitement immobile que sa sœur la crut endormie. Elle abandonna son livre, et se pencha vers le visage pâle aux yeux clos, essayant d'y découvrir quelque signe d'espoir. Mais les traits émaciés, que le vent du large ne parvenait pas à colorer, ne trahissaient pas la moindre amélioration. Des mains transparentes ramenées sur la poitrine semblaient même trop faibles pour soulever les petits coquillages roses qu'elles venaient de ramasser.

En cet instant, Jo comprit avec une douloureuse lucidité que la vie de Beth se retirait insensiblement de son corps. Elle serra instinctivement le bras autour de ses épaules, comme pour retenir ce trésor qui lui échappait. Pendant quelques minutes, ses yeux brouillés ne virent plus rien, puis le vent sécha ses larmes et elle rencontra le regard de Beth posé sur le sien avec une telle expression que toute parole était devenue inutile.

Cependant Beth murmura :

— Jo chérie, je suis heureuse que tu aies compris. Je voulais te le dire, mais je ne pouvais pas… Il y a longtemps que je le sais, et maintenant cela ne me fait plus rien. Essaie de comprendre les choses comme moi et n'aie pas de chagrin. C'est mieux ainsi. Je t'assure que c'est mieux, et je suis heureuse.

— Est-ce cela, ma Betsey, qui te rendait si triste à l'automne ?

— Oui. Je ne pouvais alors m'accoutumer à cette idée.

— Oh ! Beth, pourquoi ne me l'as-tu pas dit?

La voix de Jo était empreinte d'un tendre reproche et elle souffrait en pensant à la lutte solitaire que sa sœur avait dû mener avant d'en arriver à ce détachement, avant d'apprendre à dire adieu à la santé, à l'amour, à la vie, et à en sourire.

— J'ai cru bien faire, je n'osais en parler à personne. J'espérais que je me trompais... Je ne voulais pas vous inquiéter inutilement. Maman était si préoccupée de Meg et des bébés et d'Amy absente, et toi, si heureuse avec Laurie. Du moins, je le croyais.

— Et moi, qui m'étais imaginé que tu l'aimais !

— Oh ! Jo, comment aurais-je pu, alors que je le voyais si débordant d'amour pour toi ! J'ai beaucoup d'affection pour lui, mais je l'ai toujours considéré comme un frère. Et j'espère encore qu'il le sera vraiment un jour ?...

— Pas grâce à moi ! dit énergiquement Jo. Et puis cela m'est égal, je n'ai pas le cœur de penser à lui en ce moment. Je ne me soucie que de toi. Il faut que tu guérisses !

— Je le voudrais aussi, je fais tout ce que je peux ! mais je sens bien que je perds chaque jour des forces. C'est comme la mer, Jo, quand elle se retire, elle glisse insensiblement sans bruit, mais rien au monde ne saurait la retenir. Tu les préviendras quand nous reviendrons à la maison, Jo ?

— Je pense qu'ils le verront sans que j'aie besoin de rien dire, soupira Jo.

— Peut-être pas. Ceux qui aiment le mieux sont souvent les plus aveugles, murmura Beth.

Jo ne répondit pas, et pendant un long moment on n'entendit plus que le clapotement des vagues se brisant à leurs pieds. Puis une mouette s'envola avec un cri strident et Beth la suivit d'un regard plein de tristesse. Un petit oiseau des sables sautilla sur la plage, s'approcha tout près des sœurs et s'arrêta pour siffloter comme heureux de vivre.

Beth sourit.

— Cher petit oiseau ! Regarde, Jo : il n'est pas sauvage du tout. J'en ai vu beaucoup l'année dernière et maman disait qu'ils me ressemblaient. Ils se contentent de vivre près du rivage et de chanter pour leur propre plaisir. Les mouettes sont plus belles et plus sauvages. Elles te ressemblent, Jo. Elles ont ta puissance, ton amour du danger et de la solitude. Meg est la tourterelle et Amy ressemble à l'alouette dont elle parle dans ses lettres. Elle essaie de s'élever au-dessus des nuages, mais elle retombe dans le sillon près de son nid. Chère petite fille, je voudrais qu'elle soit heureuse ! J'espère la revoir, mais elle est si loin…

— Elle revient au printemps prochain, fit Jo, qui avait eu le temps de se ressaisir, et à ce moment-là tu auras retrouvé la santé. Je saurai bien te remettre d'aplomb, moi !

Beth sourit doucement, mais son sourire semblait refuser tout espoir, comme si elle avait su qu'au printemps elle ne serait plus là et ne reverrait jamais Amy.

— Ne te berce pas d'illusions, dit-elle à Jo. Cela ne sert à rien. Tu diras à Amy que j'ai bien pensé à elle.

Et de tous les changements que Jo avait, jusque-là, découverts dans sa pauvre sœur, cette parole fut celle qui lui fut la plus douloureuse, car il ne semblait plus coûter à Beth aucun effort d'envisager cet avenir des autres où elle n'aurait plus de part.

chapitre 14

Noël à Nice

À trois heures de l'après-midi, tout le public élégant de Nice se rencontre sur la Promenade des Anglais. L'endroit est charmant : la longue allée, légèrement incurvée, ornée de palmiers, de fleurs et d'arbustes tropicaux est bordée d'un côté par la mer, de l'autre par une longue rangée de somptueuses villas au-delà desquelles on découvre les collines plantées d'orangers. On y côtoie des gens venus de tous les points du globe, portant les costumes les plus variés et parlant toutes les langues. Éclairé par un chaud soleil, le spectacle est aussi bariolé et pittoresque qu'un carnaval. Cette foule désœuvrée se promène, flâne ou s'assied, discutant des nouvelles du jour ou de la dernière célébrité récemment arrivée : Dickens, le roi d'Italie, ou la reine des îles Sandwich.

Un jour de Noël, sur cette promenade, un jeune homme de haute taille s'avançait lentement, les mains derrière le dos, et l'air absent. Vêtu comme un Anglais, il ressemblait à un Italien et se signalait par cette indépendance d'allure qui caractérise les Américains – contraste curieux qui attirait le regard des femmes et l'envie de bien des dandies portant cravates roses et fleur d'oranger à la boutonnière.

Le jeune homme passait indifférent à travers cette foule compacte et son regard ne reprenait vie que lorsqu'il croisait une robe bleue ou une chevelure d'un blond ardent. À un certain moment il s'arrêta, indécis, comme ne sachant s'il devait se diriger vers l'orchestre du jardin public ou continuer sa promenade en direction du Château. Le trot rapide d'un attelage lui fit relever la tête. C'était une calèche conduite par une dame seule, et cette dame était jeune, blonde et vêtue de bleu. Cette vision l'arracha à sa rêverie, il agita son chapeau comme un gamin et se précipita à sa rencontre, en criant :

— Amy ! Amy !

— Oh ! Laurie ! s'écria la jeune fille, est-ce vraiment vous ? Je commençais à croire que vous ne viendriez plus !

Amy lâcha les rênes, et tendit ses deux mains vers le jeune homme, au grand scandale d'une mère française qui fit presser le pas à ses filles : cette liberté de rapports entre ces « fous d'Anglais » pouvait avoir un effet démoralisateur sur des jeunes filles bien élevées.

— J'ai été retardé en route, répondit Laurie, mais je me suis promis de passer Noël avec vous et me voici.

— Comment va votre grand-père ? Quand êtes-vous arrivé ? Où êtes-vous descendu ?

— Très bien. Cette nuit. À l'hôtel Chauvain. Je suis passé à votre hôtel, mais n'y ai trouvé personne.

— Montez, nous bavarderons en voiture. Je partais me promener et m'ennuyais toute seule. Flo se ménage pour cette nuit.

— Que se passe-t-il donc ? Un bal ?

— Oui, à l'hôtel. Il y a beaucoup d'Américains et ils veulent célébrer Noël. Vous viendrez avec nous, tante sera charmée.

— Avec plaisir. Où m'emmenez-vous ?

Laurie, installé auprès de la conductrice, se croisait confortablement les bras, à la grande satisfaction d'Amy trop fière de son attelage pour en abandonner volontiers la direction.

— À la poste pour commencer, répondit-elle, ramassant les rênes de cuir bleu et les agitant sur le dos des poneys blancs qui démarrèrent aussitôt. Ensuite, nous irons sur la colline du Château. On y a une vue merveilleuse et j'aime donner à manger aux paons. Maintenant, parlez-moi de vous et de votre grand-père.

— C'est très simple. Il déteste voyager et moi, j'ai horreur de rester sur place. Alors nous faisons chacun ce qui nous plaît. En rentrant d'Allemagne, je l'ai vu à Paris, où il s'est installé pour tout l'hiver.

Tandis que Laurie parlait, Amy le regardait à la dérobée et s'étonnait de ne retrouver sur la figure de cet homme dolent, assis à son côté, aucune trace de l'insouciante gaieté du collégien qu'elle avait quitté dix-huit mois plus tôt. Elle ne s'expliquait pas cette transformation, qu'aucune lettre de sa famille ne lui avait laissé prévoir.

— À quoi pensez-vous ? demanda-t-elle en français, fière d'étaler ses nouvelles connaissances en cette langue.

— Que mademoiselle a bien employé son temps sur le Continent et que le résultat est charmant, répondit Laurie en s'inclinant, la main sur le cœur et une lueur admirative dans le regard.

Amy rougit de plaisir, mais ce compliment, pour galamment tourné qu'il fût, ne procura pas à la jeune fille autant de joie que les grossiers éloges du Teddy d'autrefois. Le regard de ses yeux sombres avait conservé un reflet de son ancienne sincérité, mais le son de sa voix et toute son attitude étaient empreints d'une froide indifférence. La phrase du Teddy d'aujourd'hui révélait un homme blasé sous un masque de politesse affectée, qui déçut terriblement la pauvre Amy.

« S'il doit prendre ce genre en devenant un homme, se dit-elle, je regrette qu'il ne soit pas resté un gamin toute sa vie. » Mais elle garda pour elle ses réflexions, se réservant de les compléter par un examen plus prolongé.

En sortant de la poste, elle laissa Laurie prendre les rênes et la conduire sur la route qui grimpait en lacet, tandis qu'elle se plongeait dans la lecture des lettres familiales.

— Beth ne va pas bien, me dit maman, annonça-t-elle gravement, je pense souvent que je devrais rentrer à la maison, mais ils me disent tous de rester et de profiter jusqu'au bout de cette chance que je ne retrouverai jamais.

— Ils ont raison, murmura Laurie. Votre retour ne changerait rien à la santé de Beth, et c'est un réconfort pour eux de vous savoir bien portante et heureuse de votre séjour ici.

En disant ces mots, Laurie retrouva un peu de son intonation d'autrefois, et Amy s'en sentit réconfortée. Elle lui montra, épinglé sur une page gribouillée, un croquis de Jo, la représentant sous son bonnet d'écrivain surmonté du nœud rouge triomphalement dressé. De sa bouche s'échappaient les mots : « L'inspiration est là. »

Laurie sourit, prit le croquis, le glissa dans sa poche « pour qu'il ne s'envole pas » et écouta avec intérêt la lettre pleine de vitalité qu'Amy lui lut de bout en bout.

— Ce sera un vrai Noël pour moi, récapitula la jeune fille en souriant, un colis ce matin, votre arrivée tout à l'heure, des lettres maintenant et ce soir, ce bal. Rien n'y manque. Arrêtez ! nous sommes arrivés !

Elle sauta gaiement à bas de la voiture, parmi les ruines du vieux fort où des paons traînaient noblement leurs queues majestueuses.

Tandis que la jeune fille, insoucieuse, leur lançait des miettes de pain, Laurie l'examina longuement. Il ne trouva en elle rien qui pût le décevoir ou l'inquiéter, mais beaucoup à admirer. Sans doute affectait-elle une légère pose dans sa façon de se tenir et de parler, mais elle était plus brillante et gracieuse que jamais. De plus, elle avait indiscutablement acquis cet indescriptible quelque chose dans le maintien et l'habillement qui se nomme élégance. Elle avait aussi gagné un certain aplomb dans son allure et sa conversation, qui la faisait paraître plus femme du monde qu'elle ne l'était réellement. Toutefois son ancienne pétulance réapparaissait par moments. Sa forte volonté ne l'avait pas abandonnée et sa franchise naturelle ne s'était pas émoussée.

En regardant la jeune fille nourrir les oiseaux, Laurie ne pouvait analyser tous ces détails, mais il garda de cette vision le souvenir d'une brillante peinture où, dans un rayon de soleil, les joues roses, les cheveux blonds et le bleu d'une robe se découpaient sur un paysage de pierres grises où erraient des paons.

Un peu plus tard Amy l'entraîna au sommet du plateau, désireuse de lui faire partager son admiration pour le point de vue extraordinaire que l'on y découvrait. C'était pour elle un plaisir toujours nouveau de regarder d'en haut cette côte blanche aux profondes dentelures incrustées dans la mer bleue.

— Comme Jo serait heureuse de contempler ce paysage, s'écria-t-elle, cherchant à faire partager sa joie à son compagnon.

— Oui ! répondit-il d'un ton morne.

— Remplissez-en vos yeux, pour l'amour d'elle, reprit Amy, et venez ensuite sur ce banc me raconter tout ce qui vous est arrivé depuis que je ne vous ai vu.

Laurie vint s'asseoir auprès d'elle et répondit à ses questions, mais il le fit d'une façon volontairement superficielle et Amy n'apprit rien de ce qu'elle aurait aimé savoir. Elle sut seulement qu'il avait parcouru le Continent et voyagé jusqu'en Grèce. Là s'arrêtèrent ses confidences, et quand ils regagnèrent l'hôtel la jeune fille n'en savait pas davantage sur les motifs de son inexplicable mélancolie.

Le temps et l'absence avaient également modifié les deux jeunes gens. Amy retrouvait son vieil ami sous un jour nouveau, il n'était plus « notre garçon », mais un homme élégant et agréable et elle se sentait un très naturel désir de paraître à ses yeux dans sa meilleure forme. Aussi, ce soir-là, plus que jamais, prit-elle le plus grand soin à parfaire sa toilette. Elle connaissait ses avantages et en tira le maximum, avec ce goût et cette adresse qui valent une fortune pour toute femme, surtout lorsqu'elle n'est pas riche.

Le tulle étant très bon marché à Nice, Amy avait pris l'habitude d'en user largement chaque fois qu'elle voulait s'habiller.

« Je veux qu'il me trouve élégante et le dise à la maison », se répétait-elle tout en enfilant la vieille robe de soie blanche de Flo et la recouvrant d'un voile de tulle illusion.

Ses épaules blanches émergeaient gracieusement de cet ensemble que ses cheveux blonds, simplement noués d'un large nœud dans le cou, couronnaient d'une tache d'or.

N'ayant pas de bijoux assez beaux pour être portés en cette circonstance, Amy releva l'ampleur de sa jupe par de simples boutons d'azalées roses et orna ses épaules d'une guirlande de feuilles vertes. Puis elle enfila des souliers de satin blanc, se souvenant avec un sourire de ses anciens essais de peinture sur souliers, et traversa la chambre pour le seul plaisir d'admirer la joliesse de ses pieds ainsi chaussés. Prenant un bougeoir dans chaque main elle s'approcha de la glace et s'examina d'un œil critique.

« Mon nouvel éventail est assorti à mes fleurs, se dit-elle, mes gants me vont à merveille, et la vraie dentelle du mouchoir de tante rehausse l'élégance de tout l'ensemble. Si seulement j'avais un nez aquilin et une bouche classique, je serais parfaitement heureuse. »

En dépit de cette irréparable affection, Amy se sentait très en forme, tandis qu'elle descendait l'escalier et s'attardait dans le grand hall, attendant Laurie et cherchant la meilleure place où se tenir pour le surprendre à son arrivée.

Elle commença par s'asseoir sous le candélabre, estimant que la lumière en tombant directement sur ses cheveux les mettait en valeur, puis elle changea d'avis et se retira à l'autre extrémité de la pièce, comme honteuse de son désir enfantin d'avoir voulu attirer sur elle l'attention.

La plus savante coquetterie n'aurait pu lui inspirer une meilleure pensée, Laurie entra si doucement qu'elle ne l'entendit pas. Il la vit, devant la fenêtre, le visage à demi détourné, et sa gracieuse silhouette blanche se détachant sur le velours rouge comme une statue savamment mise en valeur.

— Bonsoir, Diane ! lui lança-t-il avec le regard admiratif qu'elle aimait rencontrer dans ses yeux lorsqu'ils se posaient sur elle.

— Bonsoir, Apollon ! lui retourna-t-elle dans un compliment bien mérité, car lui aussi faisait montre d'une rare élégance.

— Voici vos fleurs, dit Laurie. Je les ai arrangées moi-même.

Et il lui tendait une gerbe de camélias enfilés dans un bracelet d'argent qu'elle avait souvent admirée à la devanture de « Cardiglia ».

— Comme vous êtes gentil ! s'écria Amy avec un élan de reconnaissance sincère. Si j'avais su que vous arriveriez aujourd'hui, je vous aurais préparé un cadeau – moi aussi – mais certainement pas aussi joli que celui-ci.

Laurie lui attacha le bracelet au poignet et riposta galamment :

— Merci ! Ce cadeau n'est pas grand-chose en lui-même, mais vous le mettez si bien en valeur !

— Non, Laurie ! ne me parlez pas sur ce ton.

— Je croyais que vous aimiez les compliments.

— Pas les vôtres, ils sonnent faux, je leur préfère mille fois votre brusquerie de jadis.

— J'en suis heureux, répondit-il, l'air soulagé.

Puis il attacha ses gants et lui demanda si sa cravate était droite, exactement comme il eût pu le faire autrefois à la maison lorsqu'ils sortaient ensemble.

La société réunie ce soir-là dans les grands salons de l'hôtel était celle qu'on ne rencontre que sur le Continent. Les Américains, hospitaliers, avaient invité tous leurs amis de Nice et cela représentait un curieux mélange de races et de fortunes, de beauté et de laideur, d'obséquiosité et de dédain.

N'importe quelle jeune fille peut aisément deviner les sentiments d'Amy tandis qu'elle s'avançait à travers cette foule, gracieusement appuyée au bras de Laurie.

Sur le plancher d'une salle de bal, elle avait pleinement conscience de se trouver dans son élément. À cette certitude s'ajoutait ce soir-là cette délicieuse sensation de pouvoir qui étreint toute femme découvrant le nouveau et prestigieux empire qu'elle est appelée à exercer sur les hommes, grâce à sa beauté et à son charme.

Au premier accord d'orchestre, les joues d'Amy se colorèrent de joie, ses yeux se mirent à briller et son pied à battre impatiemment le plancher. Elle avait hâte de faire connaître à Laurie ses récents progrès dans l'art de la danse. Aussi est-il plus facile d'imaginer que de décrire le choc qu'elle reçut quand celui-ci lui dit, sur un ton parfaitement neutre :

— Est-ce que vous tenez à danser ?

— Cela se fait, généralement, au bal, riposta Amy.

Son regard ébahi et sa vive réponse incitèrent Laurie à réparer son erreur aussi rapidement que possible :

— Je voulais dire la première danse... Puis-je avoir l'honneur ?

— Je puis vous en accorder une, si vous écartez le comte. Il danse divinement bien, mais il m'excusera de l'abandonner en faveur d'un vieil ami comme vous.

Amy espérait que le titre produirait son effet et ferait comprendre à Laurie qu'elle méritait d'être prise au sérieux.

Mais Laurie se contenta de dire flegmatiquement :

— Le comte ? un gentil garçon, mais pas assez grand pour vous.

Il dansa avec elle la première mazurka et la conduisit ensuite au « gentil garçon » sans lui laisser aucunement entendre qu'il reviendrait la chercher.

Une sourde colère s'empara d'Amy qui, pour sanctionner ce manque d'égards, s'empressa de remplir aussitôt son carnet de bal d'engagements ininterrompus jusqu'au souper.

Elle dansa une polka avec le comte, tandis que Laurie faisait son devoir en entraînant Flo, puis elle le vit s'asseoir au côté de tante Carrol avec une très visible expression de soulagement qui mit le comble à sa colère.

Ceci était impardonnable. Et elle ne le lui pardonna pas. Pendant des heures, elle dansa sans plus se soucier de lui que s'il n'existait pas. Cependant elle eut l'adresse de cacher sa colère sous un air enjoué, et d'échanger avec lui un mot aimable chaque fois que la nécessité de remettre une épingle à sa robe ou l'indispensable besoin d'un temps d'arrêt l'obligeait à revenir auprès de sa tante.

Laurie ne parut pas froissé de sa conduite mais son regard, de plus en plus souvent attaché à la jeune fille, trahissait malgré lui son opinion : la petite Amy devenait bien jolie.

À trois heures du matin, il lui offrit son siège et se précipita pour chercher de quoi la restaurer. Amy eut un sourire satisfait en se disant que sa leçon avait été profitable.

Laurie, tout en l'éventant d'une main et lui tendant de l'autre une tasse de café, la regarda longuement, comme on regarde un tableau plaisant, puis, lançant un coup d'œil sur la robe vaporeuse qui l'environnait d'un nuage transparent :

— Comment appelez-vous ce tissu ? questionna-t-il.

— Illusion.

— Tout à fait le nom qu'il mérite. C'est nouveau, n'est-ce pas ?

— Vieux comme le monde. Vous en avez déjà vu sur des douzaines de filles, mais vous ne l'avez jamais remarqué, stupide garçon.

— C'est la première fois que j'en vois sur vous, ce qui explique mon erreur.

— Pas de ça ! c'est défendu. J'aimerais mieux goûter à votre café qu'à vos compliments. Et puis ne restez pas debout à traînasser devant moi, cela me rend nerveuse.

Laurie s'assit brusquement, éprouvant un curieux plaisir à obéir aux ordres de la « petite Amy ». Celle-ci avait perdu toute sa timidité à présent et se sentait un irrésistible désir de dominer son ami d'enfance, comme en ont toutes les filles d'Ève dès que les hommes laissent paraître le moindre signe de soumission.

— Où avez-vous appris toutes ces choses ? demanda Laurie avec un regard inquisiteur.

— « Ces choses » étant un terme assez vague, seriez-vous assez bon pour me l'expliquer ? riposta Amy, sachant parfaitement à quoi il faisait allusion, mais désirant méchamment l'obliger à définir l'indéfinissable.

— Eh bien, l'aspect général, le style, la maîtrise de soi, le... le... l'« illusion » vous savez ! expliqua Laurie en souriant et se tirant adroitement d'embarras avec ce mot nouveau.

Amy se sentit flattée, mais naturellement ne le montra pas.

— La vie à l'étranger, dit-elle, nous polit à notre insu, et j'apprends bien des choses tout en m'amusant. Quant à ça, ajouta-t-elle, jetant un coup d'œil sur sa robe, le tulle est bon marché, les fleurs ne coûtent rien, et j'ai depuis longtemps l'habitude de tirer le meilleur parti possible de mes pauvres affaires !

Amy regretta aussitôt cette dernière phrase qu'elle estima n'être pas de très bon goût. Mais ce fut celle que Laurie préféra, il se prit à se demander ce qui était le plus à admirer et à respecter en Amy : la patience avec laquelle elle savait attendre les occasions ou son optimisme qui parvenait si bien à cacher sa pauvreté sous des fleurs.

Amy ne sut pas pourquoi il la regardait si gentiment, ni pourquoi il acheva de remplir son carnet de bal avec son propre nom et se consacra à elle, jusqu'à la fin de la soirée, de la manière la plus exquise.

chapitre 15

Meg et ses jumeaux

Les jeunes filles américaines jouissent d'une indépendance beaucoup plus grande que les françaises ; en revanche, une fois mariées, elles perdent cette liberté et, dès la naissance de leur premier héritier, mènent une vie d'intérieur allant parfois jusqu'à la réclusion presque totale.

Comme ses compatriotes, Meg fit cette expérience et la poussa même beaucoup trop loin. Entraînée par son instinct maternel, elle s'adonna entièrement à ses enfants, délaissant toute autre société ou préoccupation.

John, abandonné aux soins d'une bonne récemment embauchée, se trouva privé de l'affection de sa femme. Avec une ignorance toute masculine, il espéra que cette crise ne durerait qu'un temps et prit son mal en patience. Mais les mois passèrent et la situation ne s'améliorait pas. Le pauvre garçon traînait ses soirées dans un salon désert, tandis que sa femme, dans la chambre des bébés, chantonnait sans fin des berceuses. La nuit, il était éveillé par des cris ou des pleurs subits et son demi-sommeil se peuplait de blancs fantômes errant à travers sa chambre.

Il partait à son travail, le lendemain, surchargé de commissions diverses que son épouse, retenue au foyer, ne pouvait faire elle-même. Si, rentrant le soir, il proposait une sortie au théâtre ou au concert, il s'entendait répondre d'un air scandalisé :

— Abandonner les enfants pour s'amuser ? Jamais !...

Ses suggestions d'inviter quelques amis étaient vertement repoussées par des réponses telles que :

— Vous n'y pensez pas ! Cela dérangerait les bébés !

John patienta plus d'un an, puis, las de ses soirées solitaires, il prit l'habitude d'aller les passer ailleurs. Le plus souvent, il se rendait chez Jack Scott, à présent marié. Dans ce foyer sans enfant, il trouvait tout ce qui lui était désormais refusé chez lui : une femme gaie et causante, des amis avec qui bavarder, des repas bien cuisinés et agréablement servis.

Meg s'aperçut à peine de ses désertions. Elle était trop prise par les jumeaux. En grandissant, ceux-ci lui donnaient de plus en plus de mal : Daisy refusait de manger et prolongeait interminablement ses repas ; quant à Demi, depuis qu'il savait marcher, il avait contracté la détestable habitude de sortir seul de son lit pour errer pieds nus à travers la maison. Mais, le temps passant, Meg se lassa de trouver un salon désert chaque fois qu'à bout de nerfs et de patience, elle allait y chercher un moment de repos. Sa boîte à ouvrage pour seule compagnie ne l'incitait guère à se ressaisir.

Elle sentait bien qu'elle ne pouvait reprocher à John ses absences, mais elle déplora sa solitude, puis s'en énerva. Son mécontentement se transformant en injustice, elle estima que son mari se montrait égoïste et ne songeait qu'à son propre plaisir sans réaliser que sa femme pouvait avoir besoin de lui. Finalement elle s'imagina qu'il ne l'aimait plus et ce fut encore pire.

Elle se regarda dans la glace, se vit telle qu'elle était : pâle, maigre et arrangée sans aucun goût.

« Ce n'est pas ma faute, se dit-elle, j'ai trop de travail. Je ne peux plus trouver le temps de m'habiller, ni garder une mine florissante… Comment John resterait-il attaché à une femme qui n'a plus rien de séduisant ? »

Et, fondant en larmes, Meg pensa qu'il lui restait l'amour de ses enfants et qu'elle devait désormais savoir s'en contenter…

Mais cette pensée ne calma pas son chagrin, loin de là. Ses enfants, beaucoup trop jeunes, ne lui étaient d'aucun réconfort. Quant à John, il ne comprenait pas l'angoisse de sa femme. Il lui voyait de jour en jour l'air plus fatigué, le visage plus tiré, les yeux plus creux, et pensait que c'était vraiment un travail terrible d'élever des jumeaux. Il ne disait rien de peur d'exaspérer la pauvre Meg qu'il sentait perpétuellement au bord des larmes.

Il ne sut jamais ce qui se passa un certain jour en son absence et apporta un si heureux et notable changement dans sa vie.

C'était un jour d'avril où Meg, regardant ses enfants jouer dans le jardin rempli de fleurs, de bourgeons et de soleil, s'était sentie si désespérément vieille et solitaire dans ce renouveau de la nature qu'abandonnant pour une fois ses bébés aux soins de la bonne, elle était rentrée précipitamment dans sa chambre, pleurer loin de tous sa jeunesse perdue et son amour brisé.

Sa mère, arrivant à ce moment, s'étonna de l'entendre dire à travers ses sanglots :

— J'aimerais mieux être veuve…

Jusque-là, jamais Meg ne s'était plainte de rien à personne. Mais ce jour-là son cœur déborda et Mme March apprit dans le détail tout ce qui rendait si difficile la vie de son aînée.

Mme March était de bon conseil et avait élevé quatre filles dans des conditions ardues. Sa visite se prolongea longtemps, mais quand elle partit, Meg avait repris espoir et courage.

Elle coucha les enfants de bonne heure, veilla elle-même à la préparation du dîner et se vêtit de sa plus belle robe. Ses yeux encore un peu rouges et ses traits tirés lui donnaient un charme attendrissant sous son bonnet de dentelle garni d'une rose pâle – la première qui eût fleuri au jardin.

Quand John rentra, il fut frappé de ce changement.

— Est-ce un anniversaire aujourd'hui? demanda-t-il, ou une fête que j'aurais oubliée ?

— Ni l'un, ni l'autre. Je suis lasse d'être toujours mal peignée et mal attifée pour vous recevoir, John, et j'ai remarqué que vous-même, si fatigué que vous puissiez être, vous prenez toujours la peine de vous arranger pour venir à table.

— Je le fais par respect pour vous, chère madame Brooke.

— Moi de même, monsieur Brooke, fit Meg en riant. Voulez-vous bien passer dans la salle à manger ?

Le soin avec lequel le repas avait été préparé frappa John tout autant que l'avait pu faire la pimpante toilette de sa femme.

— Cela rappelle le bon vieux temps ! s'écria-t-il joyeusement. Je bois à son retour et à votre santé, chérie !

Le ménage redevenu jeune baignait dans un contentement qui devait, hélas ! être de courte durée.

La poignée de la porte fut agitée de légers soubresauts et une voix claire cria :

— Ouvi pote, mama…, ouvi…

Si Meg avait pu croire que son fils, partageant son ardente volonté de paix, se serait pour une fois endormi sitôt couché, elle s'était lourdement trompée.

— Méchant garçon ! cria-t-elle, ouvrant la porte et souriant malgré sa contrariété à l'enfant qui, ses pieds nus dépassant à peine sa longue chemise de nuit festonnée, entra dans la pièce d'un air parfaitement satisfait de lui-même.

Puis, apercevant les assiettes de gâteaux posées sur la table, il se mit à danser de convoitise, ses boucles blondes tressautant autour de sa tête et sa voix pointue hurla :

— Gâteau ! Mama, gâteau !

— Vous m'aviez promis de rester sagement au lit et de dormir ! fit Meg avec toute la sévérité que lui conférait exceptionnellement sa déception de voir troublée la petite fête si bien préparée.

Mais Demi n'attachait pas la moindre attention aux paroles de sa mère. Excité par la vue des gâteaux, il s'était approché de son père, et lui murmurait des mots tendres dans le dessein évident d'utiliser ses genoux comme tremplin pour atteindre l'objet de sa convoitise.

Mais John repoussa fermement ses avances.

— Si vous lui avez demandé, dit-il à sa femme, de rester au lit et de s'endormir seul, exigez qu'il le fasse, sinon il n'apprendra jamais à vous obéir.

— Bien sûr, répondit Meg, entraînant son fils d'un geste autoritaire et le conduisant dans sa chambre, partagée entre le désir de l'embrasser et la nécessité de lui donner la fessée qu'il méritait.

Finalement, elle lui offrit un morceau de sucre et le borda dans son lit en lui interdisant toute promenade jusqu'au lendemain matin.

— Vi, promit l'enfant en suçant son sucre avec satisfaction et évaluant les incontestables avantages de son escapade.

Meg retourna prendre sa place à table pour entendre, quelques instants plus tard, son fils descendre de nouveau l'escalier et lui réclamer un autre morceau de sucre.

Malgré l'envie qu'il éprouvait de jouer avec le gracieux petit trouble-fête, John se fit sévère et reprocha à sa femme d'avoir donné à l'enfant la mauvaise habitude de ne s'endormir qu'en sa présence.

— Je n'y peux plus rien ! fit Meg désolée.

— Eh bien, j'en fais mon affaire ! dit calmement John et, se tournant vers son fils : Monte te coucher, Demi, ordonna-t-il brièvement.

Mais le rebelle, profitant du répit accordé par la discussion entre ses parents, avait escaladé une chaise et s'était emparé d'un de ces gâteaux si tentants. La bouche pleine, il secoua négativement la tête à l'adresse de son père et s'en fut chercher protection dans les jupes de sa mère.

Cependant, pour cette fois, le refuge ne le protégea pas. Meg prit l'enfant dans ses bras et le remit à John en disant :

— Ne soyez pas trop dur avec lui.

Ce geste inhabituel dérouta l'enfant, mais quand il se vit solidement maintenu par la poigne paternelle, dépouillé du gâteau si péniblement acquis et hissé à travers l'escalier jusqu'à son lit abhorré, il donna libre cours à sa colère, gesticula, cria de toute la force de ses poumons.

Meg, le cœur chaviré, demeura seule en face du repas interrompu, écoutant se répercuter les échos de la fureur de son fils. Cela se prolongea longtemps : Demi n'était pas plus disposé à s'endormir que son père ne l'était à céder. Mais à la longue les forces de l'enfant s'épuisèrent, ses cris se firent plus sourds et finalement s'achevèrent en un long gémissement plaintif.

— Mama, mama…

Meg ne put résister à cet appel. Elle monta subrepticement jusqu'à la chambre et supplia :

— Laissez-moi auprès de lui, John. Il sera sage maintenant.

— Non ! riposta son mari. Il faut qu'il apprenne à obéir.

— Mais il va se rendre malade à force de pleurer.

— Certainement pas. Il sait qu'il doit s'endormir sans berceuses et sans bonbons… et il le fera, dussé-je y passer la nuit.

— Il est mon fils, et je ne veux pas qu'il soit brutalisé.

— Il est mon fils, aussi, et je ne veux pas qu'il soit pourri. Descendez, ma chérie, et laissez-moi faire.

Quand John parlait sur ce ton de commandement, Meg obéissait toujours. Elle sortit, le cœur gros, laissant le père et le fils en tête à tête.

« Pauvre petit bonhomme, se disait John, il tombe de sommeil et de fatigue ! Il va bientôt s'endormir et je pourrai descendre consoler Meg… Elle a besoin de moi, bien plus que lui… »

Mais Demi ne s'endormait pas et John, lassé, s'assit passivement au pied du lit, le regard fixé sur ces grands yeux pleins de larmes qui ne voulaient pas se fermer.

Assise sur la dernière marche de l'escalier, Meg se demandait pourquoi un tel silence avait enfin succédé à tant de cris.

Elle imagina tous les accidents possibles jusqu'au moment où, n'y tenant plus, sur la pointe des pieds, elle se glissa dans la pièce.

Demi, caché dans le creux du bras de son père, était profondément endormi. Une de ses mains était agrippée autour de son pouce, le tenant si fermement serré que John n'osant se libérer, avait fini par tomber endormi à côté de l'enfant. Meg sourit du spectacle charmant qu'ils formaient tous deux, si étroitement enlacés dans le sommeil, et s'en alla sans bruit.

Lorsque John descendit enfin, s'attendant à rencontrer une femme courroucée ou boudeuse, il fut agréablement surpris de trouver Meg cousant placidement et l'accueillant par cette incroyable question :

— Quelles sont les dernières nouvelles des élections, chéri ?

À ce moment, John réalisa pleinement qu'une révolution était en train de s'accomplir dans son foyer. Il ne posa aucune question et parla politique aussi clairement et agréablement qu'il lui fut possible. Meg, rassemblant toute sa lucidité, s'efforçait de prendre un air intéressé, de faire des remarques pertinentes et d'empêcher ses pensées de quitter la situation nationale pour s'en retourner à celle de son ouvrage qui la passionnait mille fois plus.

— Je me demande bien où nous allons ! dit-elle enfin d'un ton compétent pendant une pause de son mari, et celui-ci ne put s'empêcher de rire en regardant sa femme disposer ses dentelles et ses fleurs artificielles sur un bout de soierie, avec toutes les marques d'un profond intérêt que son discours n'avait pu éveiller.

« Elle cherche à s'intéresser à la politique par amour pour moi, se dit John, et par amour pour elle, je dois m'efforcer de prendre goût à ses chiffons. »

— Ce que vous faites est bien joli ! reprit-il à haute voix. Qu'est-ce que cela représente ?

— Mon prochain bonnet pour vous accompagner au théâtre ou au concert.

— Si petit que cela ? Comment ferez-vous pour le faire tenir ?

— Je l'attache sous le menton avec un ruban et un bouton de rose, dit Meg, et pour rendre plus claire son explication, elle posa sur sa tête la coquette petite chose.

— C'est un amour de bonnet, fit John d'un ton convaincu. Mais, ajouta-t-il en se levant, je préfère la tête qui est dessous. Et il se pencha vers sa femme, couvrant son visage de baisers, au grand détriment du ruban et du bouton de rose.

— Je suis contente qu'il vous plaise, reprit Meg, car je voudrais l'étrenner prochainement. Quand pourrons-nous sortir ensemble ?

— Quand vous voudrez, Meg chérie ; il y a si longtemps que j'en ai envie. Mais dites-moi un peu ce qui s'est passé sous ce petit bonnet, depuis hier. Je vous trouve toute changée.

Meg était trop loyale pour conserver longtemps un secret à l'égard de son mari. Elle raconta son chagrin et la visite de sa mère et comment celle-ci avait promis d'envoyer Hannah garder les enfants afin que Meg, moins fatiguée et moins harcelée, pût s'occuper de son mari. Elle lui dit combien elle se reprochait de l'avoir abandonné, de s'être négligée et de n'avoir pas su maintenir dans son foyer cette atmosphère de gaieté, d'ordre et de bien-être dont il avait tant besoin à son retour du travail.

Elle avoua tout, sauf une chose : sa mère lui avait conseillé de laisser John prendre en main l'éducation de son fils, sans lui dire qu'elle comptait sur lui pour cette besogne délicate.

Est-il utile d'ajouter que le petit bouton de rose sous le menton eut encore à souffrir des manifestations de joie et d'amour du calme M. Brooke rendu expansif par la certitude d'avoir retrouvé la femme qu'il aimait, et que la soirée des deux époux s'acheva dans le même fauteuil tandis que le bonnet de dentelle, totalement oublié, gisait sur le tapis du salon ?

Est-il utile de dire aussi que le bonheur s'installa désormais au « Colombier », que Meg, rapidement, redevint jeune, jolie et gaie, que John n'alla plus passer ses soirées chez les Scott, que Demi apprit à s'endormir sans sucre et sans chansons, et devint en grandissant un petit garçon, toujours volontaire, mais sagement discipliné.

Et si nous ne parlons pas de Daisy, c'est qu'elle avait toujours été une petite fille sage et le demeura.

chapitre 16

Laurie l'Indolent

En arrivant à Nice, Laurie avait l'intention d'y rester une semaine, mais un mois plus tard il ne s'était pas encore décidé à partir.

Las des voyages solitaires, il trouvait dans la présence continuelle d'Amy un charme familier qui lui rendait plus supportable sa vie d'exilé.

De son côté, Amy était heureuse de sentir auprès d'elle cet ami d'enfance, qui lui rappelait sa famille dont l'absence lui était plus cruelle qu'elle ne voulait l'avouer. Aussi tous deux ne se quittaient-ils guère. Ils mettaient en commun leurs plaisirs et leurs distractions, tout en s'étudiant mutuellement. Mais le résultat de leurs observations les conduisait à des conclusions bien différentes.

Laurie trouvait chaque jour plus agréables ses relations avec Amy, si gaie, si séduisante, tandis qu'elle-même sentait croître son mépris pour ce garçon languissant, veule, incapable du moindre effort.

Amy ne pouvait ni comprendre, ni admettre cette attitude, cependant elle traitait son dolent compagnon avec la même amicale familiarité qu'autrefois. Le croyant destiné à devenir son frère, elle le considérait comme l'étant déjà. Reconnaissant, Laurie se laissait aller à sa générosité naturelle et la remerciait de cette amitié par de continuels petits cadeaux. Il lui eût volontiers offert tous les colifichets achetables à Nice, si elle l'avait laissé faire. Mais en même temps il sentait bien que toutes ses attentions ne pouvaient améliorer l'opinion que la jeune fille se faisait de lui, et il redoutait le regard clairvoyant de ses yeux bleus, si souvent fixés sur son visage en une muette interrogation ou un silencieux reproche.

Un certain après-midi de janvier, venant la chercher à son hôtel, comme de coutume, il la trouva seule.

— Tous les autres sont allés à Monaco, lui dit-elle. J'ai préféré rester ici pour finir ma correspondance. Maintenant, j'en suis débarrassée et comptais aller jusqu'à Valrose faire quelques croquis. Voulez-vous m'accompagner ?

— Valrose ? Ne trouvez-vous pas que c'est un peu loin ?

— J'ai commandé la petite voiture et Baptiste la conduira. Aussi vous n'aurez rien à faire qu'à tenir mon ombrelle et mettre en valeur vos beaux gants, riposta Amy avec un coup d'œil sarcastique vers ces gants de cuir clair qui étaient une des coquetteries de Laurie.

— En ce cas, je vous accompagne avec plaisir, fit le jeune homme.

Cependant, en montant dans la voiture, il prit les rênes et ne laissa rien faire au jeune Baptiste, si ce n'est se croiser les bras et s'endormir sur son strapontin.

La route était ravissante, sinuant entre les collines dorées de soleil sur le fond également bleu de la mer ou du ciel. À Valrose, un grand parc ouvert aux promeneurs offrait maintes perspectives pittoresques, et Amy, enthousiasmée par ce décor, y était souvent venue peindre. Laurie ne connaissait pas l'endroit et s'extasiait à sa façon, mi-sarcastique, mi-morose.

— Le parfait modèle d'un paradis pour lune de miel, n'est-ce pas ?

Agacée, Amy lui coupa la parole.

— Quand partez-vous rejoindre votre grand-père ?

— Très bientôt.

— Vous m'avez déjà fait cette réponse une douzaine de fois depuis trois semaines.

— Les réponses vagues évitent les discussions.

— Il vous attend ! Vraiment vous devriez partir, Laurie.

— Je le sais bien, créature hospitalière.

— Alors pourquoi ne le faites-vous pas ?

— Dépravation naturelle, probablement.

— Paresse naturelle, vous voulez dire, c'est affreux !

— Pas autant que vous semblez le croire. Je ne serai qu'une charge pour grand-père, j'aime autant en être une pour vous, vous êtes de taille à la supporter mieux que lui.

Amy secoua la tête, s'installa sur un banc et ouvrit son carnet de croquis d'un air résigné. Mais elle avait décidé de faire un brin de morale à son camarade et reprit sans tarder :

— Qu'allez-vous faire à présent ?

Laurie nonchalamment accoté à une balustrade de pierre, la tête penchée vers le sol, répondit sans sourciller :

— Surveiller les lézards !

— Ce n'est pas ce que je vous demande. Quels sont vos projets ? Qu'aimeriez-vous faire ?

— Fumer une cigarette si vous m'y autorisez !

— Comme vous êtes désagréable, Laurie ! Vous savez bien que je déteste le tabac. Je ne vous autorise à fumer que si vous acceptez de poser pour moi, j'ai besoin d'un personnage dans ce décor.

— Avec joie ! Comment me voulez-vous ? De face ou de trois quarts ? Sur la tête ou sur les pieds ?

— Restez comme vous êtes et dormez si vous en avez envie. J'ai l'intention de travailler ferme.

— Quelle admirable ardeur ! riposta Laurie en s'allongeant au pied d'une urne de pierre avec toute la béate satisfaction d'un homme exténué, enfin autorisé à se reposer.

— Que dirait Jo, si elle vous voyait en ce moment ? murmura Amy impatientée et espérant le galvaniser par le seul rappel du nom de son énergique sœur.

— Comme d'habitude, elle me dirait : « Allez-vous-en, Teddy, je suis occupée. »

Et Laurie se mit à rire, mais son rire sonnait faux et une ombre passa sur son visage.

Amy fut frappée par ce rire et par cette ombre. Pendant un moment elle examina silencieusement le jeune homme étendu au soleil, le regard vague comme enfoncé dans un rêve et totalement oublieux du reste du monde.

— Vous ressemblez à l'effigie d'un jeune chevalier étendu sur son tombeau ! lança Amy, tout en s'efforçant de reproduire le fin profil de ce visage nettement découpé sur la pierre.

— Je souhaiterais l'être !

— Bêtises ! lança Amy.

Puis renonçant à achever son croquis, elle ajouta :

— Ne restez pas dans le soleil. Venez vous coucher dans l'herbe ici, et « soyons amis », comme disait Jo en vous entraînant sur le sofa pour échanger des secrets.

Laurie, obéissant, se jeta à ses pieds et s'occupa gravement à orner de pâquerettes le ruban du chapeau d'Amy.

— Je suis tout prêt à écouter vos secrets, dit-il.

— Moi, je n'en ai pas. Vous pouvez commencer.

— Je n'en ai pas non plus, mais j'aimerais savoir, ô Raphaël, à quelle date vous comptez entreprendre le chef-d'œuvre de votre vie ?

— Jamais ! répondit Amy, d'une voix calme et d'un air décidé. Rome m'a fait perdre toute vanité. Après avoir vu tant de merveilles, j'ai enfin compris mon insignifiance et ai abandonné tout espoir de devenir une véritable artiste.

— Comment ? Vous qui avez tant de talent et de volonté, vous renoncez ?

— Justement. Le talent n'est pas le génie et la volonté ne peut faire qu'il le devienne. Je veux être tout ou rien et n'ai jamais souhaité n'être qu'une quelconque artiste.

— Puis-je vous demander ce que vous comptez faire, alors ?

— Perfectionner mes autres talents et être un ornement pour la société, si je le puis.

— Bien. Et ceci vraisemblablement nous ramène à Fred Vaughn !

Amy observa un silence discret, mais il y avait quelque chose dans son regard qui éveilla l'attention de Laurie.

— Je voudrais, dit-il en se redressant sur un coude, vous parler en frère et vous poser des questions. Est-ce permis ?

— Je ne promets pas de répondre à toutes les questions.

— Si votre langue refuse de répondre, votre visage le fera à sa place. Vous n'êtes pas encore assez femme du monde pour savoir dissimuler vos sentiments, ma chère ! J'ai entendu, l'année dernière, certains bruits vous concernant, vous et Fred ; et j'ai tout lieu de croire que, s'il n'avait pas été rappelé aussi subitement et retenu aussi longtemps en Angleterre, il y aurait eu quelque chose entre vous deux, hem !

— Ce n'est pas à moi de le dire, répondit discrètement Amy, mais ses lèvres souriaient et dans ses yeux un pétillement de joie trahissait le plaisir que toute jeune fille éprouve de la certitude de disposer du cœur d'un homme.

— Vous n'êtes pas fiancés, j'espère !

— Non !

— Mais vous le serez s'il revient et se jette correctement à vos genoux.

— Vraisemblablement oui !

— Vous aimez donc ce vieux Fred ?

— Ce serait possible, si j'essayais !

— Mais vous n'avez pas l'intention d'essayer avant le moment propice. Quelle inhumaine prudence ! Fred est un brave garçon, Amy, mais il n'est pas l'homme auquel j'aimerais vous voir mariée.

— C'est un gentleman. Ses manières sont excellentes et il est riche !... commença Amy, s'efforçant de paraître calme et digne mais un peu honteuse, malgré la pureté de ses intentions, de s'entendre prononcer ces paroles.

— Je comprends, reprit Laurie froidement, l'argent d'abord. C'est tout à fait dans la ligne actuelle. Mais il paraît étrange d'entendre la fille d'une femme comme votre mère émettre tranquillement cette opinion.

— C'est pourtant la vérité !

La réponse était brève et la ferme résolution qu'elle indiquait contrastait curieusement avec celle qui la prononçait. Laurie s'allongea de nouveau sur le sol avec un inexplicable sentiment de réprobation. Amy le devina et décida de lui infliger, sans plus attendre, son petit sermon.

— Flo et moi, nous vous avons donné un nouveau nom, dit-elle. Laurie l'Indolent. Cela vous plaît-il ?

Elle pensait le voir se fâcher, mais il se contenta de reposer confortablement sa tête sur ses bras repliés en disant :

— Ce n'est pas mal ! Merci, mesdemoiselles !

— Voulez-vous savoir, Laurie, ce que sincèrement je pense de vous ? demanda Amy.

— J'en meurs d'envie.

— Eh bien, je vous méprise !

Si, avec sa vivacité ou sa coquetterie habituelle, elle lui avait dit : « Je vous déteste ! » il eût sans doute éclaté de rire, mais ce mépris affirmé de ce ton convaincu et peiné lui fit relever les paupières et demander brusquement :

— Pourquoi, s'il vous plaît ?

— Parce que, ayant toute faculté d'être bon, utile et heureux, vous êtes inutilisable, insipide et malheureux.

— Énergiques paroles, mademoiselle.

— Si elles vous plaisent, je continue. Les gens égoïstes sont toujours satisfaits d'entendre parler d'eux-mêmes.

La générosité était la seule qualité que Laurie se reconnaissait à lui-même. Aussi en entendant l'opinion d'Amy ne put-il s'empêcher de bondir en questionnant :

— Je suis donc égoïste ?

— Oui, épouvantablement. Je ne suis pas du tout satisfaite de vous. Vous êtes en Europe depuis six mois et vous n'avez fait que perdre votre temps, votre argent et décevoir vos amis.

— N'a-t-on pas le droit de s'offrir quelques distractions après quatre ans de collège ?

— Vous n'avez pas l'air de vous distraire beaucoup ! et vous semblez avoir perdu jusqu'à l'envie de chercher à vous amuser. Vous gaspillez votre temps à des frivolités, à des bavardages inutiles, vous ne demandez qu'à être choyé et admiré par des imbéciles, au lieu d'être aimé et respecté par ceux qui ont quelque valeur. Vous avez pour vous la fortune, l'éducation, la santé et la beauté et, volontairement, vous ne tirez profit d'aucun de ces avantages. Au lieu d'être l'homme que vous pouvez et devez être, vous n'êtes tout juste que...

Amy se tut, n'osant achever sa phrase.

— Que saint Laurent sur le gril ! acheva Laurie en riant.

Malgré cette plaisanterie, il était touché par les reproches d'Amy et une expression à demi vexée, à demi fâchée avait remplacé sur son visage son habituel masque d'indifférence.

Amy ne le remarqua pas. Énervée par sa vue, déçue de n'avoir pu atteindre le résultat escompté, elle s'était remise à dessiner avec colère. Elle continua néanmoins à parler comme pour soulager sa rancœur.

— Vous autres hommes, vous êtes tous les mêmes ! Vous prétendez vous conformer à nos désirs, mais sitôt qu'un reproche sincère vous est adressé, vous ne faites qu'en rire !

Une main se posa sur la page du carnet empêchant Amy de dessiner et une voix, imitant celle d'un enfant repentant, pleurnicha :

— Je ne le ferai plus, Amy, je serai sage.

Mais Amy était trop en colère pour rire. Elle cingla les doigts d'un coup de crayon et dit sévèrement :

— N'avez-vous pas honte d'une main pareille ! soignée comme celle d'une femme ! Tout juste bonne à porter des gants de chez Jouvin et à cueillir des myosotis pour les dames ! Encore une chance qu'elle ne soit pas couverte de bijoux comme celle des dandies ! Je m'étonne que vous ne portiez que ce simple anneau que Jo vous a donné il y a si longtemps. Oh ! comme je voudrais qu'elle soit ici pour vous secouer !

— Je le voudrais aussi !

La main se retira aussi rapidement qu'elle s'était avancée et un soupir étouffé attira l'attention d'Amy. Quelques indices et soupçons, qui, jusque-là, n'avaient fait que l'effleurer, prirent brusquement un aspect de certitude. Ce que sa sœur ne lui avait pas dit, lui apparut soudain possible... Ce changement d'humeur, ce silence chaque fois qu'elle parlait de Jo, et cette modeste bague si fidèlement conservée... En un éclair Amy eut l'intuition de ce qui s'était passé.

Elle avait souvent pensé qu'un chagrin d'amour pouvait être la cause de la profonde altération survenue dans le caractère de Laurie, maintenant, elle en était certaine, et croyait savoir lequel. Elle voulut s'en assurer et reprit d'une voix, cette fois empreinte de douceur :

— Je sais que je n'ai aucun droit de vous parler ainsi, Laurie, dit-elle, et si vous n'aviez pas le meilleur caractère de la terre, vous m'en voudriez à mort. Mais personne ne m'a rien dit. Je ne savais pas. Je serai douce et patiente avec vous. Je n'ai jamais aimé Miss Randal et maintenant je la déteste !

— Que le diable emporte Miss Randal ! fit Laurie, avec une brutalité qui ne laissait aucun doute sur ses sentiments à l'égard de cette jeune personne.

— Je vous demande pardon… je croyais ! murmura Amy, laissant très diplomatiquement sa phrase inachevée.

— Non ! Vous ne croyiez pas ! Vous saviez très bien que je ne tiens à personne au monde si ce n'est à Jo !

— Je le pensais, mais comme vous ne m'en aviez jamais parlé… j'ai cru que je me trompais. Est-ce que Jo n'a pas été gentille pour vous ? Elle vous porte tant d'affection cependant !

— Elle a été gentille… mais pas de la façon que j'espérais. Et c'est une chance pour elle qu'elle se soit refusée à m'aimer si je suis le bon à rien que vous venez de décrire. Toutefois, si je suis tombé si bas, c'est bien elle qui en est responsable. Et vous pouvez le lui dire !

Le regard de Laurie redevint sombre et amer tandis qu'il disait ces mots et Amy s'en trouva d'autant plus attristée qu'elle ne savait que dire pour le consoler.

— J'ai eu tort, murmura-t-elle, je ne savais pas. Je regrette de m'être mise en colère, mais je voudrais tant vous voir vous conduire avec plus d'énergie et ne pas vous laisser abattre, Teddy cher, même par ce chagrin.

— Ne m'appelez pas « Teddy cher ». « Elle » seule en a le droit et ne me parlez pas sur ce ton affectueux qui ressemble trop au sien !

Puis après un long silence embarrassé où Amy ne savait plus que dire et où Laurie s'absorbait dans un savant tressage de brins d'herbe, il reprit à voix basse :

— Je voudrais bien savoir ce que vous feriez à ma place !

— J'aurais plus de courage, affirma Amy, et avec la présomption de quelqu'un qui n'a pas connu cette épreuve elle ajouta : Si je ne pouvais éveiller l'amour, j'essaierais au moins de mériter l'estime.

Sa phrase heurta profondément Laurie. Il se flattait d'avoir supporté son malheur avec un maximum de stoïcisme, ne se plaignant jamais, ne réclamant aucune pitié et gardant son chagrin pour lui seul. Les reproches d'Amy éclairaient sa conduite d'un jour nouveau et pour la première fois il comprit qu'il y avait quelque égoïsme et beaucoup de faiblesse dans sa feinte indifférence. Il eut l'impression qu'arraché à un rêve profond il ne pourrait plus se rendormir. Il s'assit et questionna :

— Croyez-vous que Jo me mépriserait autant que vous ?

— Certainement, si elle vous voyait en ce moment. Elle n'a jamais pu souffrir les bons à rien. Pourquoi n'essayez-vous pas de faire quelque chose de splendide pour forcer son amour ?

— J'ai fait tout ce que j'ai pu, j'ai travaillé au collège comme un damné…

— Ce n'était que votre plus strict devoir.

— En tout cas cela n'a servi à rien, Jo ne m'en a pas aimé davantage.

— Cela a servi à vous prouver que vous êtes capable de réussir ce que vous voulez quand vous vous en donnez la peine. Si vous décidiez de vous consacrer à un travail quel qu'il soit, vous seriez vite arraché à votre mélancolie.

— C'est impossible !

— Essayez et vous verrez. Aimez Jo jusqu'au dernier jour de votre vie si tel est votre désir, mais ne laissez pas cet amour vous anéantir, vous diminuer au point de gâcher tous les bienfaits dont vous êtes comblé, simplement parce que vous ne pouvez obtenir celui que vous n'avez pas.

Amy remarqua que Laurie l'écoutait en silence, tournant autour de son doigt le petit anneau de Jo. Elle craignit de le peiner en insistant et détourna la conversation. Puis tous deux rentrèrent à Nice, parlant gaiement de faits insignifiants.

Le lendemain matin, Amy reçut une courte lettre.

« Mon cher Mentor,

Faites mes adieux, je vous prie, à votre tante et réjouissez-vous, car « Laurie l'Indolent » comme un brave garçon est parti voir son grand-papa.

Il vous souhaite un agréable hiver sur la Côte d'Azur et une heureuse lune de miel à Valrose.

Je pense qu'un petit sermon comme celui qu'il a reçu fera le plus grand bien à Fred. Ne manquez pas de le lui faire et transmettez-lui mes félicitations très sincères.

Votre reconnaissant

TÉLÉMAQUE. »

— Je suis contente qu'il soit parti, murmura Amy avec un sourire approbateur.

Mais une seconde plus tard un soupir lui échappait tandis qu'elle se disait tout bas :

— Je suis contente… mais comme il va me manquer à présent !

chapitre 17

La vallée des larmes

Lorsque le malheur s'abat sur les familles aimantes, les liens d'affection qui unissent ses membres se resserrent plus fort que jamais.

Longtemps les March se refusèrent à croire Beth condamnée, mais un jour vint où la terrible réalité ne fit plus de doute pour personne. Aucun traitement ne pouvait la sauver, aucune puissance humaine ne pouvait la retenir sur cette terre… Alors ils ne songèrent plus qu'à entourer la malade et à se soutenir mutuellement pour traverser cette terrible épreuve.

Beth fut installée dans la meilleure chambre de la maison et tout ce qu'elle aimait y fut rassemblé : son piano, les peintures d'Amy, sa table à ouvrage et ses fidèles petits chats. Des fleurs fraîches ornèrent pendant tout l'hiver son vase préféré, puis les livres de M. March trouvèrent place sur son bureau où Jo installa ses manuscrits, tandis que le fauteuil de Mme March ne quittait plus le chevet du lit. Quand toute la famille était réunie là, depuis les jumeaux jouant silencieusement devant la fenêtre, jusqu'au docteur plongé dans ses livres, dont il lisait parfois un passage à haute voix, il semblait qu'aucun danger ne pourrait atteindre la malade si étroitement entourée d'un tel rempart d'affection. Pendant très longtemps Beth continua à travailler dans son lit, tricotant ou cousant pour les autres, toujours souriante et gaie. Mais un jour elle dut abandonner son ouvrage, ses forces faiblissaient, elle eut des crises de désespoir qui bouleversaient les siens, et tous ceux qui l'aimaient cachaient leurs larmes, effrayés, comme tant d'autres, de constater qu'aucune puissance d'amour ne peut disputer à la Mort l'être que la vie abandonne.

Jo ne quittait plus Beth depuis que celle-ci lui avait dit :

— Je me sens plus forte quand tu es là…

Elle dormait dans sa chambre, se relevant souvent la nuit pour ranimer le feu ou veiller sur sa douce sœur qui demandait si peu de chose et voulait surtout n'être un embarras pour personne.

Souvent, Jo en s'éveillant voyait sa sœur plongée dans un livre, s'efforçant d'y trouver l'oubli de ses longues nuits sans sommeil, ou bien, à demi assise dans son lit, les mains couvrant son visage, la jeune fille rêvait ou priait et de lourdes larmes glissaient entre ses doigts pour s'écraser silencieusement sur ses draps.

Cette vue si pénible attristait Jo et en même temps lui apprenait à réfléchir. Elle comprenait mieux la lutte que sa pauvre sœur devait soutenir pour s'arracher à tous ces liens d'affection terrestre et à ce simple instinct de vie, si puissant chez les êtres jeunes. Et Jo admirait de plus en plus le calme détachement dont Beth faisait preuve au cours de la journée, oubliant ses nuits d'angoisse et sachant toujours accueillir d'un sourire ceux qui venaient auprès d'elle lui confier leurs peines ou leurs joies.

Une nuit, Beth cherchant quelques livres pour peupler sa si pénible insomnie trouva dans l'un d'eux une feuille de papier couverte de l'écriture de Jo. C'étaient des vers, où les mots très lisibles « à ma Beth » figuraient en titre. Le reste de la page était constellé de taches d'encre délavée comme si des larmes étaient tombées sur ce papier.

« Pauvre Jo, se dit Beth. Elle dort… Je ne veux pas l'éveiller pour lui demander l'autorisation de lire ce qu'elle a écrit. Elle me montre tout ce qu'elle fait et me permettra certainement de lire ceci… »

Roulée dans une couverture sur le tapis du foyer, Jo dormait, le bras étendu vers la paire de pincettes prête à ramasser la première bûche qui s'écroulerait.

Beth sourit doucement à ce spectacle devenu habituel, reposa ses yeux sur le feuillet et lut :

À ma Beth

Presque échappée à notre amour,
Prête au départ pour l'autre monde,
Une douce et chère présence
Rend sereine notre demeure.

Beth, ô ma sœur déjà lointaine,
Avant de partir pour toujours,

Laisse-moi un peu des vertus
Dont ta vie nous donna l'exemple.

Lègue-moi la longue patience
Qui te permit, sans une plainte,
De dominer tous tes chagrins
Et nous cacher tes désespoirs.

Lègue-moi, j'en ai tant besoin,
Ton courage vaillant et tendre,
Ton rire heureux qui nous fit croire
Qu'aucun effort ne te pesait.

Donne-moi ta bonté, ta foi
Et la douceur avec laquelle
En souriant, tu pardonnais
Même à moi qui te fis souffrir…

Les vers étaient faibles, les mots raturés et griffonnés, le papier sale, et cependant Beth y puisa un inexprimable réconfort. L'un de ses regrets les plus lancinants était d'avoir mené une vie si inutile… et voilà que ces quelques lignes lui apportaient la certitude que ses efforts n'avaient pas été vains…

Elle se tenait encore immobile, le papier entre les mains, lorsque le feu s'écroula dans un jaillissement d'étincelles. Jo bondit sur ses pieds, remit de nouvelles bûches et se glissa jusqu'au lit de sa sœur, espérant la trouver endormie.

— Non, murmura Beth, je ne dors pas, mais je suis si heureuse ! Regarde ! J'ai trouvé ceci et je l'ai lu. Tu ne m'en veux pas de mon indiscrétion, n'est-ce pas ?

— Aucunement, si cela a pu te faire le moindre plaisir…

— Oh ! Jo, dis-moi ! Est-il bien vrai que tu penses tout ce que tu as écrit là ? Ai-je été pour toi…

— Tu as été pour moi bien plus, bien plus que je n'ai pu le dire…, s'écria Jo impétueusement. J'aurais voulu écrire tout ce que j'avais dans le cœur… mais je ne sais pas… Il n'y a pas de mots pour dire ces choses-là…

Et Jo, pleurant presque du regret de son impuissance, enfonça sa tête dans l'oreiller de sa sœur.

Ce fut Beth qui la consola en passant sur son bras une longue et légère caresse et en murmurant :

— Alors ma vie n'aura pas été inutile… Je ne suis pas aussi bonne que tu le dis… mais j'ai essayé de bien faire, et maintenant que je ne peux plus… même tenter un dernier effort pour être enfin vraiment semblable à l'idéal que je m'étais tracé, c'est bon, c'est si bon, vois-tu, de penser que malgré tant de faiblesse j'ai pu aider quelqu'un à vivre.

— Tu m'en as appris plus que quiconque au monde, Beth. Tu m'as même fait comprendre que je ne te perdrai jamais tout à fait, que malgré les apparences, la mort ne pourra pas nous séparer l'une de l'autre. Ton exemple sera toujours vivant, auprès de moi…

— Je n'ai plus peur de la mort, moi non plus, dit Beth. Je sais que je continuerai à t'aimer et à veiller sur toi, et que je pourrai t'aider encore plus qu'autrefois… Jo, il faut que tu prennes ma place auprès de maman et de papa. Lorsque je ne serai plus là, ils n'auront plus d'autre appui que toi… Ne les abandonne pas… Et si tu trouves pénible ce rôle – qui était fait pour une humble fille comme moi, et non pas pour une Jo énergique et entreprenante – souviens-toi que je reste à ton côté, toujours prête à t'aider, et que tu ne seras jamais vraiment seule… Vois-tu, Jo, il est très beau d'écrire des livres splendides, ou de parcourir le monde, mais il est encore plus beau de se dévouer pour les siens, car l'amour est la seule chose qui soit plus vraie que la gloire, plus enrichissante que la fortune, plus durable que la vie…

Le printemps arriva. Le ciel se fit plus lumineux, la terre plus verte, le soleil plus proche, et Beth mourut paisiblement un matin, à l'aurore, la tête appuyée sur le bras de sa mère, sa main serrant encore celle de sa sœur, un sourire sur les lèvres…

Au jardin, les oiseaux chantaient leur chant joyeux comme un hymne de délivrance, célébrant en chœur ce jour naissant qui apportait à Beth la fin de toute souffrance.

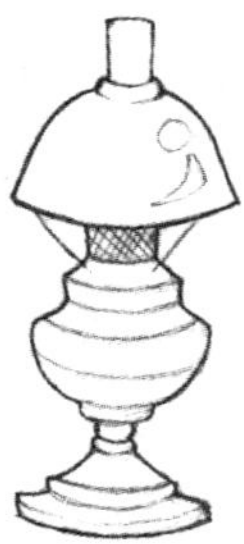

chapitre 18

À la recherche de l'oubli

Les reproches d'Amy furent salutaires à Laurie.

Revenu à Paris auprès de son grand-père, il se montra si attentionné, si affectueux, que celui-ci, en riant, l'assura que le climat de Nice lui réussissait particulièrement bien et qu'il serait heureux de le voir y faire un nouveau séjour.

Rien n'aurait pu séduire davantage Laurie qu'un retour auprès d'Amy, mais il s'en défendait avec énergie. Son amour-propre se refusait à toute rencontre avec celle qui lui avait dit : « Je vous méprise », et un troupeau d'éléphants aurait été impuissant à le traîner jusqu'auprès d'elle.

Il reconnaissait combien était justifiée l'opinion de la jeune fille. Il s'était conduit en fainéant et en égoïste, et le seul remède possible était celui qu'elle lui avait indiqué : « Réaliser une grande œuvre qui lui vaudrait l'amour de Jo. »

Il partit pour Vienne, décidé à tirer de son chagrin d'amour une œuvre musicale capable de bouleverser les cœurs de tous ceux qui l'entendraient, et en particulier celui de la jeune fille qu'il aimait. Il noua des relations avec des musiciens et se jeta dans le travail en proie à une ardeur égale à son désespoir.

Mais, soit que son chagrin fût trop grand pour se laisser enfermer entre les barres de mesure d'une partition, ou que la musique fût trop éthérée pour apaiser la douleur d'un mortel, le *Requiem* entrepris ne lui apporta pas les satisfactions escomptées.

Il l'abandonna pour essayer un opéra, rien ne lui paraissant au-dessus de ses forces. Mais là encore, des difficultés insoupçonnées vinrent le troubler.

Il rêvait de créer pour son drame une héroïne inédite, dotée de toute la beauté, la jeunesse, l'amour et la grandeur que lui-même accordait à celle qu'il aimait. Mais chaque fois qu'il s'efforçait de ressusciter l'idole de sa vie, il ne retrouvait dans son souvenir que l'image d'une Jo indépendante, brusque, aux allures garçonnières, lui éclatant de rire au nez et nullement apte à fournir les éléments d'un drame passionnel.

Il lui fallut chercher une autre figure pour concrétiser ses rêves, et sa mémoire lui offrit alors, avec une étonnante rapidité, une nouvelle image : un fantôme aux cheveux d'or enveloppé d'un nuage diaphane flottant dans l'espace, entouré d'un plaisant et curieux assemblage d'azalées roses, de rubans bleus, de poneys et de paons.

Il ne lui donna aucun nom, mais lui découvrit sans peine toutes les vertus et toutes les grâces, et se mit au travail avec une ardeur nouvelle.

Grâce à cette muse inconnue, il reprit courage et s'il ne fit pas grand-chose, tout au moins il arriva à y voir clair en lui-même. Il n'écrivit pas l'œuvre qu'il avait rêvée, mais il comprit qu'il ne suffit pas d'aimer la musique pour être capable d'en composer et, de même que Rome avait mis en fuite toute la vanité d'Amy, cette expérience le ramena à une plus juste vue de son propre talent.

Il fit aussi une autre découverte : le jour où il abandonna son opéra, il constata que son chagrin d'amour avait beaucoup perdu de son acuité.

Il en éprouva tout à la fois une surprise, un soulagement et une déception. Puis il se reprocha ce qu'il croyait être de la légèreté. Mais c'est en vain qu'il remua les cendres de son amour ; il n'en jaillissait plus aucune étincelle. Sa passion aveugle et brûlante était devenue une paisible affection toute fraternelle.

— Non ! Je ne l'oublierai pas ! s'écria-t-il dans un sursaut de loyauté. Je ne pourrai jamais l'oublier !

Il écrivit à Jo qu'il était incapable de rien faire tant qu'il lui restait le moindre espoir de la voir changer d'avis. Ne lui permettrait-elle pas de revenir et d'être heureux ?

Pendant tout le temps qu'il attendit sa réponse, il ne fit absolument rien, mais vécut dans une fièvre d'impatience.

La réponse arriva enfin, le fixant définitivement sur l'attitude de Jo : elle ne pouvait, ni ne voulait changer d'avis. La santé de Beth était sa seule préoccupation et les mots « amour » et « mariage » n'avaient et ne pourraient jamais plus avoir aucun sens pour elle. Elle suppliait Laurie d'être heureux avec une autre et de garder un petit coin de son cœur pour sa chère sœur Jo. Dans un post-scriptum, elle lui demandait de laisser Amy ignorer l'aggravation de l'état de santé de Beth, ne voulant pas gâcher les dernières semaines qui lui restaient à vivre en Europe. Mais elle lui demandait d'écrire le plus souvent possible à sa sœur.

Le jeune homme trouva l'idée excellente et envoya aussitôt une lettre à Amy, qui lui répondit immédiatement. Elle avait le mal du pays et le confessa à son ami sur un ton affectueux et confidentiel qui le remplit de joie.

Les lettres s'échangèrent à une cadence de plus en plus accélérée et Laurie, après avoir déchiré toutes ses tentatives musicales, rentra à Paris.

Il souhaitait follement se rendre à Nice, mais n'osait le faire sans y avoir été invité. Or, dans aucune de ses lettres, Amy ne semblait souhaiter sa présence auprès d'elle. Il y avait à cela une raison, ignorée de Laurie, mais parfaitement valable pour sa correspondante : Fred Vaughn était revenu et avait posé à Amy la question qu'elle attendait…

Mais au cours de cette longue attente, la jeune fille avait subi une lente transformation. Elle percevait à présent que tout l'or du monde ne suffisait pas à remplir un cœur. Il y fallait autre chose, après quoi elle aspirait depuis quelque temps seulement. Depuis le jour, peut-être, où ayant dit à Laurie : « Je ferai un mariage d'argent », elle avait aussitôt regretté ses horribles paroles.

Aussi, lorsque Fred lui dit :

— Voulez-vous, s'il vous plaît? elle ne répondit pas ce qu'elle aurait dit quelques mois plus tôt.

Très gentiment mais très fermement, elle déclina son offre et son « Non, merci » fit comprendre à Fred qu'il ne devait plus penser à elle.

Pendant les jours qui suivirent ce refus, Amy se montra moins gaie que de coutume, eut tendance à fuir la société, et passa le plus clair de son temps en des promenades solitaires sous prétexte de dessiner. Mais en réalité, et bien qu'elle retournât souvent à Valrose, elle travailla fort peu.

Sa tante crut qu'elle regrettait sa réponse à Fred. Amy, estimant toute explication inutile, se referma sur son secret, s'arrangeant seulement pour glisser habilement dans une lettre à Laurie que Fred était parti en Égypte.

Les Carrol pensèrent qu'un changement lui ferait du bien. Il y avait bientôt quatre mois qu'ils étaient à Nice. Le printemps approchait, ils décidèrent d'aller le passer en Suisse en faisant un détour par Gênes et les lacs italiens.

Ils venaient de s'installer à Vevey lorsque, avec un retard considérable, arriva la lettre annonçant la mort de Beth. Amy en éprouva beaucoup de chagrin et un irrésistible désir de retourner auprès des siens, mais ses parents lui conseillaient eux-mêmes de n'en rien faire, et puis à quoi cela eût-il servi à présent? Il était trop tard, même pour un dernier adieu à sa sœur...

Le cœur lourd, Amy écrivit à Laurie, espérant qu'il devinerait cet appel qu'elle lançait vers lui, sans oser le formuler, et qu'il accourrait à son secours.

Il arriva très vite, en effet, se souvenant de la promesse qu'il lui avait faite sur le bateau, et heureux de pouvoir tenir son engagement.

À peine débarqué à Vevey, il se dirigea vers l'hôtel de la Tour où les Carrol avaient pris pension. Le garçon d'hôtel, au regret, lui annonça que toute la famille était partie en promenade sur le lac, sauf l'une des demoiselles, qui n'était pas dans sa chambre, mais sans doute au jardin.

— Si monsieur veut attendre une minute, je vais aller l'avertir.

Mais monsieur ne pouvait pas attendre une minute, il n'attendit même pas la fin de la phrase, et se précipita à la recherche de la jeune fille, qu'il espérait bien être Amy et non pas sa cousine.

Le jardin était un endroit charmant rempli de vieux arbres, de lierre et de mousse, avec une longue terrasse en bordure du lac, dominée par la vieille tour dont l'ombre se reflétait loin sur l'eau bleue.

C'est là qu'Amy, cherchant un refuge à son chagrin et au sentiment de solitude dont elle se sentait accablée, était venue s'asseoir.

Elle n'entendit pas Laurie approcher et il demeura un moment immobile à la contempler de loin.

Le jeune homme connaissait Amy gaie, vive, souriante – et Amy en colère. Mais il n'avait jamais vu Amy triste avec cette expression de désespoir qu'augmentaient mille petits détails : ces lettres éparses sur ses genoux, ce ruban noir dans ses cheveux et même cette petite croix d'ébène qu'il lui avait donnée à Nice, le seul bijou qu'elle portât ce jour-là.

Si Laurie avait eu le moindre doute sur la façon dont il serait accueilli, il fut rassuré sitôt qu'Amy, ayant tourné la tête, découvrit sa silhouette au débouché du chemin. Elle se leva précipitamment et s'élança vers lui en criant :

— Oh ! Laurie ! Laurie ! Je savais bien que vous alliez venir.

Puis ils se tinrent l'un devant l'autre, immobiles et silencieux, la tête brune inclinée vers la tête blonde comme pour la protéger. Cela ne dura qu'une minute, mais ce fut assez : Amy comprit que personne au monde ne saurait la réconforter et l'aimer comme Laurie, et Laurie sut que la seule femme qui pourrait remplacer Jo était sa sœur. Il n'en dit rien, mais sans doute la jeune fille n'avait-elle pas besoin de s'entendre dire ce qu'elle savait déjà, car elle sourit et, passant son mouchoir sur ses yeux, en effaça toutes traces de larmes.

— Excusez-moi, dit-elle, je me sentais si seule et si triste…

— Je voudrais, répondit Laurie d'une voix presque tremblante, je voudrais pouvoir trouver des mots pour vous consoler, vous exprimer ma peine… Cette pauvre petite Beth…

Il ne put en dire davantage, il éprouvait seulement l'envie de poser la tête d'Amy sur son épaule, mais n'osait le faire. Il prit sa main dans les siennes et la serra tendrement.

— Beth est heureuse, dit Amy, mais ils doivent être désespérés à la maison. Je voudrais être là-bas auprès d'eux et, en même temps, je redoute ce retour... Mais ne parlons plus d'eux ; je vais me remettre à pleurer alors que je suis si contente de votre arrivée. Combien de temps resterez-vous ici, Laurie ?

— Aussi longtemps que vous aurez besoin de moi.

— Oh ! merci ! Tante et Flo, voyez-vous, sont très gentilles pour moi, mais elles sont moins ma famille que vous ne l'êtes.

Amy, disant ces mots, avait l'air d'une pauvre enfant abandonnée, et Laurie se sentit bouleversé par un sentiment de pitié et de joie.

— Venez, lui dit-il, marchons un peu. Vous allez prendre froid en restant ici.

Il l'aida à remettre son chapeau, à resserrer son châle sur ses épaules, et tous deux s'enfoncèrent dans les allées de ce parc dont les sombres charmilles avaient déjà entendu tant de confidences d'amoureux.

Ils se promenèrent pendant plus d'une heure, perdus dans un rêve fait de chagrins oubliés et d'espoirs inavoués, et quand la cloche du dîner les arracha à ce bien-être, il leur sembla qu'un lourd fardeau avait quitté leurs épaules.

Au moment où Mme Carrol aperçut le visage transformé de sa nièce, elle fut frappée par une idée nouvelle et se dit :

« Tout s'explique à présent. La petite se languissait du jeune Laurentz. Comment ne l'avais-je pas deviné ? »

Avec une remarquable délicatesse, elle garda le silence sur cette récente découverte, mais insista auprès de Laurie pour qu'il prenne pension à l'hôtel de la Tour et y demeure aussi longtemps que possible.

Ce nouveau séjour ne ressembla pas du tout à celui de Nice. Laurie, dévoré par un besoin d'activité, ne cessait d'organiser des promenades à pied, à cheval ou en bateau, où Amy le suivait avec une admiration non feinte.

Il prétendit que la différence était due au changement de climat, et elle l'admit en souriant, heureuse de pouvoir justifier, par cette même excuse, sa mine redevenue florissante, et ses regards trop brillants.

Malgré leur deuil, ce fut un temps heureux, si heureux que Laurie redoutait de le troubler en exposant à Amy la nature de ses sentiments pour elle. À quoi bon d'ailleurs ? N'avait-elle pas deviné tout ce qu'il eût voulu dire, et consenti d'avance à ce qu'il n'osait demander ?

Il s'étonnait de la si prompte guérison de ce qu'il avait cru être un unique et éternel amour, mais il savait qu'il n'agissait pas avec déloyauté envers Jo. Elle l'avait repoussé, et si Amy n'avait pas été sa sœur, jamais il n'aurait pu s'attacher à elle aussi vite, ni aussi profondément. Jo, elle-même, il le sentait confusément, serait heureuse de sa décision.

Les jours passèrent, légers et rapides, et puis un soir où tous deux ramaient sur le lac côte à côte, Amy murmura :

— Comme nous manœuvrons bien, à la même cadence…

— Si bien, murmura Laurie, que je souhaiterais nous voir toute la vie durant ramer ensemble sur la même barque. Et vous, Amy ?

— Moi aussi, répondit Amy très bas.

Alors tous deux laissèrent retomber les avirons, et le lac réfléchit dans ses eaux sombres un ravissant et inconscient tableau de jeunesse, de bonheur et d'amour.

chapitre 19

Seule

Il est facile de s'engager à vivre une vie d'abnégation lorsqu'on a en permanence sous les yeux un modèle de cette vertu et que l'approche de la mort bouleverse toutes les valeurs humaines.

Mais lorsque Beth ne fut plus là, lorsque les allées et venues nécessitées par sa maladie et sa mort eurent cessé, lorsque le silence fut retombé sur la maison déserte et qu'il fallut de nouveau faire face aux humbles tâches de tous les jours, Jo sentit s'appesantir sur ses épaules le poids de sa promesse. Comment pouvait-elle être un réconfort pour ses parents alors qu'elle-même aurait eu tant besoin d'être réconfortée ?

Pauvre Jo ! Les jours qu'elle passa alors lui parurent bien sombres et bien dénués d'espoir. Elle en arriva à penser qu'il n'y avait aucune justice sur cette terre. Ne s'était-elle pas donné plus de mal que Meg pour vaincre ses défauts ? Et Meg avait un mari et des enfants pour apaiser son chagrin et donner un sens à sa vie. N'avait-elle pas travaillé plus qu'Amy ? Et Amy menait depuis trois ans une vie merveilleuse sur ce vieux continent qu'elle-même aurait tant souhaité connaître…

Aux uns toute la lumière et toute la joie. Aux autres l'ombre, les chagrins, et les regrets.

« Je ne suis pas faite pour cette vie, se disait Jo, jamais je ne pourrai supporter de mener indéfiniment une existence sans intérêt, sans joie, et sans but… Si quelqu'un ne vient pas à mon secours, je ne sais ce que je vais devenir. »

Si Jo avait été l'héroïne de l'un de ces romans qu'elle n'écrivait plus, il est certain qu'à ce moment elle serait devenue une sorte de petite sainte détachée de toutes les joies de ce bas monde. Elle se serait consacrée à ses parents, cherchant à leur procurer autant de bonheur qu'elle et ses sœurs en avaient reçu d'eux, et aurait offert à Dieu le sacrifice d'une longue vie de renoncement.

Mais Jo n'était qu'une pauvre créature humaine capable de lutter contre ses imperfections, mais incapable de ne pas en escompter une récompense immédiate.

Elle savait s'astreindre à accomplir ses tâches journalières et souffrait chaque fois qu'elle ne les avait pas honnêtement menées à bien, ce qui est un stade sur le chemin de la vertu que tous les humains n'atteignent pas forcément. Mais il lui était impossible de faire l'effort supplémentaire qui consiste à garder le sourire dans l'épreuve et donner libre cours à cette gaieté de cœur et cette légèreté d'esprit qui sont l'un des premiers degrés de la sainteté.

Elle avait souvent dit qu'elle voulait se consacrer à une grande œuvre, si pénible qu'elle puisse être, et maintenant que la Providence l'avait prise au mot, elle se sentait désemparée et insatisfaite. Ambitieuse comme elle l'était, il lui paraissait inconcevable de se contenter de cette vie humble et monotone qu'elle n'avait pas choisie. Elle qui aimait tant le changement et l'imprévu, elle ne pouvait se résigner sans révolte à se dévouer à des parents qu'elle connaissait depuis toujours et n'avait jamais quittés.

Elle espérait un secours inattendu, sensationnel, quelque ange tombé du ciel tout exprès pour l'arracher à son chagrin... Mais aucun ange ne se montra et les secours qu'elle reçut lui vinrent de ses proches, si bien qu'elle ne les reconnut pas comme étant l'aide attendue et continua à se trouver aussi malheureuse qu'avant.

Elle eut d'abord sa mère.

Longtemps après la mort de Beth, Jo s'éveillait brusquement la nuit, croyant entendre sa sœur l'appeler. À demi endormie encore, elle se précipitait dans sa chambre et, devant le lit vide, se mettait à sangloter.

Mais, comme autrefois chacun des soupirs de Beth appelait la présence de Jo, les sanglots de celle-ci, désormais, attirèrent sa mère. Toutes deux, assises sur le lit de celle qui n'était plus, échangeaient de silencieuses et tendres confidences. Jo sentait alors combien le chagrin de sa mère était plus profond encore que le sien. Elle s'en voulait de la peine qu'elle lui causait et, s'efforçant de la consoler, arrivait à en oublier elle-même sa propre souffrance.

Puis, un jour, elle se tourna vers son père. Entrant dans son bureau, elle se pencha vers ce front aux cheveux blanchissants et, à voix basse, lui dit :

— Père, parlez-moi comme vous parliez à Beth. J'ai encore plus besoin qu'elle de vous entendre.

Les bras de M. March se refermèrent sur sa fille comme si, lui aussi, avait eu besoin de prendre appui sur un être vivant.

— Est-ce possible, Jo? murmura-t-il. Les visites de Beth étaient pour moi un tel bonheur… Et je suis si seul à présent.

Jo ne put même pas lui répondre. Elle s'empara de la petite chaise de Beth, la posa auprès du fauteuil paternel, et écouta. Les jours suivants, elle fit de même, et peu à peu, avoua à son père tous ses troubles, ses ennuis, ses espoirs perdus, son manque de foi dans l'avenir. Elle lui donnait sa confiance, il lui donna sa sagesse et tous deux trouvèrent dans cet échange une mutuelle consolation de leurs peines présentes et des motifs d'espoir pour les jours à venir.

— Pourquoi n'écrivez-vous plus? demanda M. March, un jour, à sa fille.

— Je n'ai pas le cœur à écrire, et même si je l'avais, à quoi cela servirait-il? Personne n'a besoin de ma prose!

— Votre mère et moi y attachons le plus grand intérêt. Écrivez pour nous, et ne vous souciez pas du reste du monde…

— Je ne crois pas que je puisse, dit Jo, mais j'essaierai.

Avec un sourire découragé, elle enfila son tablier noir et son bonnet surmonté d'un nœud rouge. Puis elle s'assit devant sa table de travail, se demandant ce qu'elle pourrait écrire…

Elle ne sut jamais ce qui se passa alors, mais en quelques jours, elle vint à bout de la tâche qu'elle s'était assignée, et le texte qu'elle rédigea en ces heures de détresse ne ressemblait à aucune des histoires qu'elle avait écrites jusque-là.

Son père, après avoir beaucoup admiré cette œuvre, l'adressa à un magazine qui non seulement l'accepta immédiatement et la paya, mais en réclama d'autres. Jo reçut même des lettres d'inconnus la félicitant pour ce remarquable ouvrage qui lui valait les compliments de tous ceux qui le lisaient.

— Je n'y comprends rien, disait Jo, que peut-il y avoir dans cette histoire qui plaise tant?…

— Il y a un accent de vérité, lui dit son père. Voilà son secret, et vous avez enfin trouvé votre style. Pour une fois, vous n'avez écrit ni pour la gloire, ni pour l'argent. Vous avez simplement laissé parler votre cœur.

— S'il y a quelque chose de bon dans ce que j'ai écrit, dit Jo, plus touchée par les paroles de son père que par tous les compliments qu'elle avait pu recevoir, c'est à vous que je le dois, à maman et à Beth.

Et elle se remit au travail, trouvant dans cette occupation non seulement un dérivatif à son chagrin, mais aussi un moyen de se gagner des cœurs inconnus, qu'elle ne connaîtrait jamais, mais qui l'aimeraient à travers ses histoires. Et elle se sentit désormais infiniment moins seule dans ce monde.

Un jour arriva une lettre d'Amy annonçant ses fiançailles avec Laurie. Mme March craignit que cette nouvelle ne vînt jeter le trouble dans le cœur désemparé de la pauvre Jo. Mais ses craintes étaient superflues. Jo prit la chose non seulement avec calme mais avec joie, et commença aussitôt à faire des projets pour « les enfants ».

— Vous êtes contente, n'est-ce pas, maman ? demanda-t-elle en reposant la lettre après l'avoir lue et relue. Amy a enfin trouvé le bonheur.

— Je m'y attendais depuis le jour où j'ai appris sa rupture avec Fred. Je savais bien qu'Amy ne pouvait pas éprouver les sentiments mercantiles et mesquins dont elle faisait étalage en décidant ce mariage d'intérêt. À travers ses dernières lettres, j'ai soupçonné avec joie son amour naissant et infiniment plus pur, pour Laurie.

— Oh ! maman, comme vous êtes perspicace, et discrète surtout ! Vous ne m'en aviez jamais dit un mot.

— Les mères doivent avoir les yeux perçants et la langue prudente. J'ai eu peur, en vous en parlant trop tôt, de vous voir céder au désir d'adresser quelque plaisanterie déplacée à Amy ou à Laurie.

— Je ne suis plus l'écervelée que j'étais, murmura Jo. Je peux recevoir n'importe quelle confidence maintenant.

— Je le sais. Mais je craignais aussi de vous faire inutilement de la peine en vous apprenant que Teddy en aimait une autre. Pardonnez-moi de vous le dire, ma chérie, vous étiez sincère en le repoussant, mais les circonstances ne sont plus les mêmes ; j'ai cru que, peut-être, si votre Teddy revenait, il trouverait dans votre cœur un vide qui n'existait pas alors, et où il aurait sa place.

— Non, mère. Et c'est mieux ainsi. Mais il est vrai que je me sens très seule. Si Teddy était revenu vers moi, peut-être aurais-je dit « oui ». Non pas parce que je l'aime davantage, mais parce que j'ai plus besoin qu'alors de m'entendre dire que je suis aimée. Cela ne nous aurait pas empêchés de faire un très mauvais ménage…

Jo s'exprimait en toute sincérité. Elle était satisfaite d'apprendre les fiançailles de sa sœur avec « son garçon », mais il y avait aussi en elle ce besoin d'être aimée, d'être arrachée à sa solitude – besoin qui était né depuis la mort de Beth, et la rendait désormais malheureuse en dépit de tous ses efforts.

Il pleuvait ce jour-là, et, ne pouvant sortir, Jo se mit à errer à travers la maison en proie à une insatisfaction irraisonnée. Elle monta jusqu'au grenier. Dans ce refuge de son enfance à présent déserté, elle retrouva les quatre petits coffres marqués du nom de chacune des quatre sœurs. Immobiles sous la poussière dont ils étaient recouverts, remplis chacun des reliques d'un passé désormais aboli, ils lui parurent être de vieux amis de sa jeunesse, d'une jeunesse à tout jamais perdue, mais dont le souvenir faisait vibrer son cœur.

Jo s'approcha du coffret qui portait son nom, l'ouvrit, appuya le menton sur le bord du meuble, et son regard se fixa sur l'invraisemblable fouillis dont il était rempli. Tout à coup, au sein de ce chaos, elle distingua une pile de livres de classe. Elle s'en empara et il lui sembla revivre les heureux mois passés à New York chez Mme Kirke.

Peu à peu, son sourire s'effaça, son regard devint grave, puis triste, et quand elle reconnut quelques lignes écrites de la main du professeur Bhaer, ses lèvres se mirent à trembler. Elle se souvint de cette phrase qu'il lui avait dite avant de la quitter :

— Attendez-moi, mon amie, peut-être ne viendrai-je pas tout de suite, mais je viendrai sûrement.

Il n'était pas venu. Il ne lui avait jamais donné signe de vie, et en ce moment Jo éprouvait un ardent besoin de sa présence. Le souvenir de ce qu'il avait été pour elle, de sa bonté, de sa patience, lui revint en mémoire avec une surprenante acuité.

Alors, crispant ses mains sur ce fragile papier, comme s'il contenait une promesse de retour, Jo appuya sa tête contre la muraille et se mit à pleurer inlassablement tandis que la pluie d'été martelait le toit du grenier.

chapitre 20

Retours inattendus

Les yeux fixés sur les flammes dansant dans l'âtre autour des bûches, Jo se tenait à demi allongée sur le sofa tandis que la pénombre du crépuscule envahissait lentement la pièce. C'était un de ces soirs d'automne où tout semble imprégné de tristesse, et la jeune fille ne cherchait même pas à se dégager de cette pénible impression. En cette veille de son anniversaire, elle se sentait plus malheureuse que jamais. Demain elle aurait vingt-quatre ans, et qu'avait-elle fait de sa vie ? Que lui restait-il à en attendre ?

« Une vieille fille, voilà ce que je suis, se disait-elle, et voilà ce que je resterai toute ma vie… Une vieille fille avec un porte-plume pour mari et un lot d'historiettes en guise d'enfants… Tout mon avenir tient en ces quelques mots, et je n'aurai jamais rien d'autre si ce n'est cette indépendance dont je ne veux plus et cette solitude qui m'accable. »

Dans son désarroi, Jo ne s'aperçut pas si elle s'était endormie ou non, mais soudain elle vit surgir devant elle une ombre qui ressemblait étrangement au spectre de Laurie. Cette apparition, si proche de la réalité qu'il était impossible de savoir s'il s'agissait ou non d'un fantôme, se pencha vers Jo, avec ce regard spécial qu'avait autrefois son Teddy lorsqu'il pensait beaucoup de choses et n'en voulait rien dire.

Ce fut seulement lorsque des lèvres bien en chair effleurèrent les joues de la jeune fille en un discret baiser, que celle-ci comprit qu'elle n'était pas le jouet d'une illusion et bondit sur ses pieds en criant :

— Teddy ! Oh ! mon Teddy !

— Ma vieille Jo ! Êtes-vous contente de me revoir ?

— Contente ? Vous voulez dire folle de joie ! Où est Amy ?

— Meg l'a entraînée chez elle avec votre mère et ma femme avait tant envie de voir les jumeaux…

— Votre quoi ?… se récria Jo.

— Oh ! reprit Laurie donnant les signes évidents d'un désespoir comique, je ne voulais pas vous le dire encore.

— Vous êtes déjà mariés !

— Oui, assura Laurie, et, se jetant à genoux : Pardonnez-moi, ajouta-t-il, je ne recommencerai plus, je vous le promets !

Et malgré son apparent repentir, il ne pouvait s'empêcher de laisser filtrer à travers ses paupières une lueur de fierté.

Jo sourit en lui tendant la main pour l'aider à se redresser.

— Oh ! Teddy, disait-elle en même temps d'un air de reproche qu'elle était bien loin d'éprouver. Vous ne changerez donc jamais. Vous vous infiltrez comme un voleur auprès des gens pour leur annoncer des énormités. Racontez-moi tout ce qui s'est passé, sinon vous n'obtiendrez jamais mon pardon.

— Je ne parlerai, fit Laurie, toujours à genoux, que si vous m'autorisez à m'asseoir à mon ancienne place sur ce sofa et me promettez de ne pas vous barricader derrière la « saucisse » ni de vous en servir pour m'assassiner.

— La « saucisse » a perdu tout son crin depuis longtemps et, à cette heure, achève de pourrir au grenier. Vous pouvez vous asseoir sans crainte, Teddy.

— Comme c'est bon de vous entendre m'appeler Teddy. Personne ne sait le faire comme vous…

— Même pas Amy ?

— Oh ! Elle, c'est autre chose ! murmura Laurie, s'installant confortablement en plein milieu du sofa avec des gestes si identiques à ceux d'autrefois que Jo ne put s'empêcher de le lui faire remarquer.

— Alors, se récria Laurie, vous ne me trouvez pas changé ?

— Pas le moins du monde ! Vous êtes identiquement le même sacripant qu'autrefois.

— Vraiment, Jo ? fit Laurie d'un ton qu'il s'efforçait de rendre digne. Vous devriez me traiter avec plus de respect maintenant !

— J'essaierai, dit Jo, faisant un louable effort pour paraître grave.

Mais son sérieux ne se prolongea guère plus de quelques secondes et elle éclata de rire.

— Je n'arrive pas à me faire à l'idée que vous êtes marié, expliqua-t-elle. C'est peut-être parce que vous avez commencé votre histoire par le mauvais bout. Reprenez-la dès le début, et je vous dirai si je peux y croire…

— Eh bien… j'ai épousé Amy pour lui faire plaisir…

— Premier mensonge, interrompit Jo, Amy dira qu'elle s'est laissé faire pour vous être agréable…

— Cela revient au même. Amy et moi ne faisons plus qu'un. Mais si vous m'interrompez sans cesse, vous ne saurez jamais ce qui s'est passé. Nous avions l'intention de rentrer avec les Carrol au printemps, et de nous marier ici. Mais sans se préoccuper de nos plans, ils ont brusquement décidé de passer un hiver à Paris. Grand-père, au contraire, désirait rentrer. Et moi je ne pouvais ni le laisser revenir seul, ni abandonner Amy. Or, il se trouve que votre tante Carrol, depuis qu'elle sillonne l'Ancien Monde, s'est imbibée de principes de correction très britanniques. Elle estimait donc impossible de laisser Amy faire le voyage de retour en notre compagnie… qu'allions-nous devenir? J'ai trouvé la seule solution possible : nous marier très vite, en Europe, et rentrer avec grand-père.

— Comment avez-vous pu décider tante Carrol à admettre un projet aussi antifamilial ?

— Bah ! Il n'y avait pas d'empêchement grave puisque vos parents étaient d'accord ! En nous relayant, Amy et moi, pour l'apitoyer sur notre cas, nous n'avons mis que quelques jours à la convaincre.

— Où vous êtes-vous mariés ?

— À Paris, au consulat d'Amérique, il y a six semaines. Un mariage très simple, bien sûr. Nous ne pouvions ni l'un ni l'autre oublier la pauvre Beth.

— Vous aviez encore le temps de nous avertir. Pourquoi ne l'avez-vous pas fait ?

— Pour vous en faire la surprise ! Et puis nous comptions prendre le bateau immédiatement après la cérémonie. Mais grand-père s'est trouvé retenu par quelques affaires imprévues. Alors Amy et moi avons décidé de partir en voyage de noces…

— Où cela ?

— À Valrose. C'est un endroit enchanteur, Jo. Je crois bien que c'est là que j'ai commencé à aimer Amy ; un endroit idéal pour une lune de miel, et la nôtre a été merveilleuse.

Pendant quelques instants, Laurie parut revivre ce délicieux séjour et oublier complètement la présence de Jo. Celle-ci en fut heureuse comme elle avait été heureuse de l'entendre parler si librement et si simplement de son mariage et de son amour pour sa sœur. Elle ne pouvait recevoir meilleure assurance qu'il n'y avait rien de changé à leur amitié passée, et que son refus lui avait été pardonné.

Mais, si absorbé dans son bonheur que fût Laurie, il sembla deviner les pensées de Jo, car lorsqu'elle tenta de reprendre la main qu'il tenait toujours dans les siennes, il resserra son étreinte et dit :

— Nous resterons toujours bons amis, n'est-ce pas, Jo, comme autrefois ?

— Non, pas comme autrefois. Nous ne sommes plus des enfants, Teddy. Nous ne pourrons plus ni jouer, ni nous taquiner comme nous en avions coutume. Mais nous serons unis comme frère et sœur devant les difficultés de la vie. Et ce sera mieux et plus durable.

— Il n'y a pas que des difficultés dans la vie, Jo, fit Laurie, gravement. Vous me trouverez aussi à vos côtés dans vos moments de joie. Vous avez bien mérité d'avoir les vôtres, ma pauvre amie, et vous les aurez !

— Merci, murmura Jo, qui sentit brusquement un flot de larmes s'étrangler dans sa gorge, tandis que le bras de Laurie enserrait ses épaules.

Un instant, attendrie par ce geste et cette phrase inattendus, Jo faillit se laisser aller à se plaindre. Mais elle se reprit vite et, comme pour l'empêcher de céder à ce moment de faiblesse, la porte du vestibule s'ouvrit et la voix joyeuse d'Amy cria :

— Où est-elle ? Où est ma chère vieille Jo ?

La jeune femme, éblouissante de fraîcheur et de joie dans sa robe bleu lavande et son collet d'hermine blanche, se précipita dans la pièce, suivie de toute la famille au grand complet : Meg, John et les jumeaux, M. et Mme March, enfin M. Laurentz qui semblait rajeuni par le bonheur.

Au milieu des embrassades générales, Jo admirait les deux jeunes mariés, ne pouvant s'empêcher de penser qu'ils semblaient faits l'un pour l'autre, et qu'il aurait été bien dommage d'avoir laissé Laurie se tromper en l'épousant, elle qui n'aurait jamais pu avoir le charme, ni l'élégante distinction de sa jeune sœur.

— L'amour a beaucoup changé notre fille, murmura sa mère, séduite par l'air de douceur qui, à présent, remplaçait sur le visage d'Amy son ancienne fierté un peu hautaine.

— N'oubliez pas qu'elle a toujours eu sous les yeux un exemple parfait de ce qu'elle devait devenir, lui répondit M. March à voix basse, en couvrant d'un regard chargé d'amour le visage de sa femme vieilli sous ses cheveux gris mais toujours plein de charme.

Quant à Meg, elle avait reçu un choc en apercevant sa cadette et depuis ne pouvait détacher ses yeux de sa robe d'un chic si parisien, de son allure si raffinée, et elle se disait que, certainement, Sallie Moffat serait éclipsée par la jeune Mme Laurentz.

Daisy s'était prise d'amitié pour cette tante inconnue, éblouissante, tandis que Demi cherchait le moyen d'aborder cet oncle en jeune mâle plein d'assurance. Celui-ci le tira d'embarras avec beaucoup de dignité.

— Jeune homme, lui dit-il, quand j'ai pour la première fois fait votre connaissance, vous m'avez flanqué votre poing dans la figure, je vous en demande réparation.

Demi ne se fit pas prier, et tous deux échangèrent des coups et se roulèrent sur le tapis avec des cris de joie, au grand scandale d'Hannah qui venait annoncer que le thé était servi et estima *in petto* que ce diable de M. Laurie n'était guère plus sérieux qu'autrefois.

On se rendit à la salle à manger en cortège, Mme March fièrement appuyée sur

« son fils », M. March donnant le bras à Mme Laurentz, et M. Laurentz donnant le sien à Jo en lui disant tout bas :

— Vous serez ma fille désormais…

Jo lui indiqua d'un geste le fauteuil de Beth au coin du feu et murmura d'une voix tremblante :

— J'essaierai de remplir sa place…

Il est inutile de dire que durant ce repas où, en moins d'une heure, chacun s'efforçait de raconter trois années d'absence, personne ne s'occupa des jumeaux, et le nombre de gâteaux qu'ils engloutirent ce soir-là est demeuré à jamais incalculable. Cela ne les incommoda aucunement, et si quelqu'un se sentit le cœur lourd, ce ne fut certes pas eux mais leur tante, la pauvre Jo.

La surprise et le brusque plaisir de retrouver ceux qu'elle aimait avaient arraché la jeune fille à ses pénibles pensées, mais au milieu de l'allégresse générale, voyant autour d'elle ces couples joyeux, le sentiment de sa solitude revint brusquement l'assaillir et, comme tous ceux qui sont seuls, elle se trouva plus isolée encore au milieu de ces gens heureux.

Elle les laissa retourner au salon, et s'en fut traîner son chagrin dans le vestibule désert et glacé.

« Je dois attendre d'être seule dans mon lit pour pleurer », se disait-elle, cherchant un mouchoir que, conformément à l'une de ses plus vieilles habitudes d'enfance, elle ne trouva pas dans sa poche.

Elle essuya une larme du revers de sa main, s'efforça de sourire et s'apprêtait à retourner au salon lorsqu'elle entendit frapper à la porte du vestibule. Heureuse de cette diversion, elle se précipita pour accueillir ce visiteur inattendu et sursauta comme si un nouveau fantôme venait la surprendre.

— Oh ! monsieur Bhaer ! s'écria-t-elle en saisissant cette apparition par le bras et l'attirant vers l'intérieur comme si elle craignait de la voir se diluer dans la nuit. Comme je suis contente de vous revoir !

— Et moi de retrouver Mlle March, répondit-il, mais, excusez-moi, vous êtes en pleine réception…

— Non ! Seulement la famille. Ma sœur vient de rentrer d'Europe et nous sommes tous très heureux. Entrez et soyez des nôtres !

Bien que très sociable, le professeur Bhaer se serait certainement retiré si Jo n'avait brutalement refermé la porte derrière lui et fait disparaître son chapeau et ses gants.

Toute retraite lui était coupée, mais il ne s'en plaignit pas.

— Si je ne suis pas M. de Trop, dit-il, je serais heureux de saluer votre famille. Mais… vous avez été souffrante, mon amie ?

— Non. Seulement triste et fatiguée. N'en parlons pas maintenant, voulez-vous ?

Il n'insista pas, mais Jo estima qu'il ne pouvait y avoir au monde rien de plus réconfortant que la pression de ses larges et chaudes mains, si ce n'est le regard de ses yeux si débordants d'affectueuse compréhension.

— Papa, maman, annonça-t-elle en pénétrant au salon, je vous présente mon ami, le professeur Bhaer.

Et si ce dernier avait pu avoir le moindre doute sur l'accueil qui lui serait réservé chez les March, il fut vite rassuré par la cordialité avec laquelle chacun l'accueillit.

Les enfants s'attachèrent à lui comme des abeilles à un pot de miel et les adultes échangèrent des coups d'œil approbateurs. Laurie, qui l'avait tout d'abord dévisagé d'un œil assez soupçonneux, ne tarda pas, lui aussi, à être conquis par le charme de sa conversation. La plus distante à son égard fut certainement Jo qui, craignant de se trahir par l'éclat de joie qu'elle sentait briller dans son regard, s'obstina à garder ses paupières baissées, le regard attaché sur les mailles de la petite chaussette qu'elle tricotait. Parfois cependant, elle lançait à la dérobée un coup d'œil sur son entourage et ce qu'elle apercevait lui semblait témoigner des présages de plus en plus favorables.

Les modes de funérailles des Anciens n'étaient sans doute pas un sujet très divertissant, mais c'est celui où la conversation en était arrivée, et le professeur y prenait goût, réfutant savamment certaines erreurs de Laurie et développant avec beaucoup de brio les conceptions du docteur March.

«Je suis sûre que mon père serait heureux de pouvoir s'entretenir souvent avec un homme comme le professeur», se disait Jo, observant à la dérobée les indices visibles d'attention et de respect sur le visage paternel.

Puis, après avoir suivi un instant le jeu rapide de ses aiguilles, le regard de la jeune fille se relevait discrètement vers le nouvel arrivant, détaillant le sobre costume noir qu'il portait avec élégance, les boutons de manchette de ses poignets qui, pour cette fois, n'étaient pas dépareillés, et le soin inhabituel avec lequel ses cheveux étaient brossés et lissés.

Hannah avait depuis longtemps emmené coucher les jumeaux, et la soirée se prolongeait toujours. Elle aurait pu durer interminablement sans que personne s'en aperçoive si Meg, torturée par le pressentiment que Daisy était tombée de son lit ou que Demi avait enflammé sa chemise en étudiant de trop près la structure des allumettes, n'avait soudain donné le signal du départ.

Le professeur s'excusa de s'être tant attardé et retrouva avec peine son chapeau et ses gants si soigneusement dissimulés par Jo.

— Ma femme et moi, lui dit Laurie, prenant congé de lui, avons été très heureux de faire votre connaissance…

Et le pauvre professeur à qui Jo avait présenté Amy sous la simple dénomination « ma sœur », regarda avec des yeux ahuris la jeune femme qui, en ce moment, devant la glace du vestibule, remettait placidement son chapeau.

Il comprit vite la situation, et avec une joie excessive, remercia Laurie de son compliment. Celui-ci en conclut que ce professeur était le plus charmant garçon de la terre.

Les adieux de M. Bhaer, bien qu'adressés à Mme March, semblaient viser plus spécialement Jo, car il ne la quitta pas des yeux en expliquant que, séjournant en ville pour ses affaires pendant deux ou trois semaines, il serait heureux de venir la saluer. Il reçut une réponse favorable et s'en alla satisfait tandis que le docteur March le suivait pensivement du regard.

— Il est très bien, cet homme, dit-il.

— Je suis sûre aussi qu'il est très bon, ajouta Mme March.

— Je pensais bien qu'il vous plairait, murmura Jo, et rapidement, avec une légèreté abandonnée depuis bien longtemps, elle grimpa l'escalier et s'en fut se mettre au lit, le cœur battant d'une joie dont elle ne cherchait pas à connaître la cause.

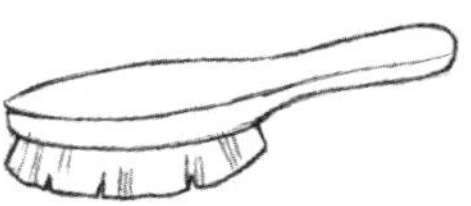

chapitre 21

Espoirs et Trêves

— S'il vous plaît, madame maman, pourriez-vous me prêter ma femme pendant une demi-heure ? Les bagages viennent d'arriver et j'ai déjà mis sens dessus dessous toutes les toilettes d'Amy sans pouvoir remettre la main sur le tire-botte dont j'ai besoin.

Cette phrase fut lancée le lendemain soir, d'un ton comiquement implorant, par Laurie, tandis qu'il pénétrait dans le salon des March où Amy, pelotonnée sur les genoux de sa mère, semblait être redevenue « le bébé » de la famille.

— Oh ! Certainement, répondit Mme March avec un sourire, mais retenant encore dans les siennes la petite main d'Amy ornée de cette alliance qui lui enlevait tous droits sur sa fille. Allez, ma chérie !

— Je ne serais pas venu la chercher, s'excusa Laurie, si je n'avais eu autant besoin d'elle, mais quand elle n'est pas auprès de moi, je suis comme...

— Une girouette sans vent ! interrompit en riant Jo qui depuis la veille avait retrouvé toute sa gaieté passée.

— Exactement... et depuis mon mariage, le vent a toujours été au beau...

— Je ne sais pas combien de temps cela durera, fit Amy avec un sourire espiègle. Excusez-moi, maman, ajouta-t-elle, se tournant vers sa mère. Si je n'y vais pas, Laurie sera contraint de se coucher avec ses bottes. Les hommes sont si incapables de se tirer d'affaire tous seuls !

Le jeune ménage prit congé de la famille et se retira en continuant à se taquiner gaiement.

— Comme ces enfants ont l'air heureux, s'exclama M. March après leur départ, et cette réflexion dissimulait mal l'impossibilité où il se trouvait de se replonger dans la lecture d'Aristote, après en avoir été tiré par cette petite scène familière.

— Oui ! et je crois qu'ils le resteront ! ajouta Mme March.

— J'en suis sûr ! appuya Jo. Heureuse Amy !

Mais le soupir dont elle s'apprêtait à ponctuer sa phrase se transforma en un large sourire, car par la fenêtre, elle venait d'apercevoir le professeur Bhaer poussant énergiquement la grille du jardin.

Quelques instants plus tard, dans la maison de M. Laurentz, Laurie, ayant recouvré son tire-botte grâce à l'intervention d'Amy, et s'étant confortablement installé au coin du feu dans ses pantoufles brodées, émergea brusquement de ses réflexions en disant à haute voix :

— Cet homme a l'intention d'épouser Jo !

Amy ne parut aucunement surprise de cette réflexion insolite et répondit avec le plus grand sang-froid :

— J'en serais heureuse ! Pas vous, chéri ?

— À dire vrai, mon amour, je le considère comme un brave cœur, au sens le plus large de ce mot. Mais je souhaiterais pour Jo qu'il fût un peu plus jeune et beaucoup plus riche !

— Oh ! Laurie, ne faites pas le dégoûté, et ne soyez pas si conventionnel. S'ils s'aiment, rien de tout ce que vous lui reprochez n'a la moindre importance. Une femme ne devrait jamais se marier par intérêt…

Amy n'acheva pas sa phrase et jeta un coup d'œil méfiant en direction de son mari. Mais celui-ci ne fit que sourire malicieusement et reprit avec gravité :

— C'est bien là mon avis. Quoique l'on entende parfois de charmantes jeunes filles affirmer le contraire. Si ma mémoire ne me trompe pas, vous avez cru vous-même pendant un temps qu'il était de votre devoir de faire un mariage d'argent. C'est probablement pour cela, d'ailleurs, que séduite par mes revenus, vous avez épousé un bon à rien comme moi !

— Oh ! Non, Laurie. Ne dites pas cela. Je n'ai pas pensé un seul instant à votre fortune quand j'ai dit « oui », je vous aurais épousé, même si vous n'aviez pas eu un penny en poche. J'ai souvent regretté que vous ne soyez pas pauvre, pour pouvoir mieux vous montrer combien je vous aime…

Et Amy, toujours si réservée dans le monde et si affectueuse dans la vie privée, embrassa son mari de façon à lui prouver la sincérité de ses paroles. Puis elle reprit :

— Vous savez bien, mon chéri, que je ne suis plus la créature cupide que j'ai paru être autrefois. Je ne me consolerais jamais si vous pensiez encore une chose pareille.

— Comment pourrais-je le croire, lorsque pour m'épouser vous avez refusé un homme infiniment plus riche que moi, et que vous ne me permettez pas de vous offrir la moitié de ce que je voudrais acheter pour vous plaire, alors que vous savez fort bien que je le pourrais sans me gêner le moins du monde. Les filles qui se marient pour de l'argent sont celles qui ne connaissent pas d'autre source de bonheur. Mais vous n'en êtes pas là, Amy, et bien que j'aie tremblé pour vous pendant un temps, je n'ai pas été déçu. La fille que j'ai épousée était digne des leçons de sa mère. Je l'ai dit hier à maman, et elle a eu l'air aussi heureuse que si je lui avais donné un chèque d'un million pour ses bonnes œuvres. Mais vous n'écoutez pas, Amy, à quoi pensez-vous donc ?

— Je me demandais… si réellement cela ne vous ferait aucune peine de voir Jo épouser M. Bhaer.

— Oh ! c'est donc cela qui vous trouble ! Rassurez-vous ! Je danserai au mariage de Jo d'un cœur aussi léger que vos pieds… cela vous suffira-t-il ?

Amy regarda son mari et fut satisfaite : son dernier soupçon de jalousie s'évanouit et elle se retrouvait pleinement confiante et heureuse. Laurie reprit :

— Ne pourrions-nous faire quelque chose pour ce remarquable professeur ? Par exemple, lui faire croire à un héritage ? Un ami riche qui mourrait très complaisamment au fin fond de l'Allemagne en lui léguant un honnête petit capital ?

— Jo devinerait la vérité, murmura Amy, et gâcherait tout. Elle est très fière de son professeur, tel qu'il est, et m'a affirmé hier que la pauvreté est une chose merveilleuse.

— Elle changera d'avis lorsqu'elle aura mis au monde une douzaine de petits professeurs. Mais vous avez raison, n'intervenons pas en ce moment. Attendons notre chance et nous trouverons bien le moyen de leur jouer un bon tour en dépit d'eux-mêmes… Je dois à Jo une bonne partie de mon éducation… Elle admet qu'il est normal de payer ses dettes et je me servirai de cet argument en cas de besoin.

— Comme c'est agréable de pouvoir aider les autres, murmura Amy. J'ai toujours souhaité pouvoir le faire et grâce à vous ce rêve va devenir réalité !

— Les gens riches, fit Laurie, ont la détestable habitude de s'asseoir sur leur fortune au lieu de s'en servir... Ils croient agir pour le mieux en léguant au moment de mourir une partie de leurs biens aux œuvres charitables, sans comprendre qu'ils se sont privés de la plus grande joie que pouvait leur donner la fortune... nous ne ferons pas comme eux, Amy. Nous saurons trouver notre bonheur dans celui que nous répandrons autour de nous... même s'il nous faut pour cela diminuer un peu notre confort et notre train de vie. Vous voulez bien, chérie ?

Amy était tellement d'accord qu'elle estima inutile de répondre à son mari. Elle serra doucement sa main dans la sienne comme pour mieux sceller ce pacte qui comblait ses plus profondes aspirations. Et les deux jeunes mariés demeurèrent longtemps silencieux, jouissant par avance du bonheur qui les attendait.

Dans le calme paisible de cette soirée, la première qu'ils passaient « chez eux », leur intérieur si douillet leur parut plus confortable à la seule pensée du confort qu'ils pourraient apporter dans d'autres foyers ; et leurs cœurs étaient plus profondément unis par un amour qui saurait s'étendre jusqu'à d'autres cœurs moins favorisés.

Pendant les jours suivants, tandis qu'Amy et Laurie poursuivaient leurs projets de vie commune, tout en installant leur appartement, et qu'ils arpentaient en pantoufles leurs moelleux tapis, Jo et M. Bhaer jouissaient d'un autre genre de promenade au long des chemins boueux ou à travers les champs détrempés. Mais il serait difficile de dire lequel des deux couples était le plus heureux.

«J'ai l'habitude de me promener chaque soir, se disait Jo à elle-même, comme pour s'excuser. Et je ne vais pas renoncer à cette excellente coutume sous prétexte qu'à chaque fois je retrouve le professeur… »

Il y avait ceci de curieux dans leurs rencontres que, deux chemins différents menant chez Meg, quel que fût celui que Jo empruntait, elle y croisait toujours M. Bhaer. Il marchait très vite, et ses yeux myopes semblaient ne la découvrir que lorsqu'elle était toute proche de lui… Alors, si Jo était en route pour se rendre chez sa sœur, le professeur avait toujours dans ses poches quelque petit cadeau pour les bébés. Si au contraire,

Jo rentrait chez elle, il lui expliquait qu'il était allé se promener le long de la rivière et craignait de déranger en se rendant à l'improviste chez les March.

Que pouvait faire Jo ? Elle l'invitait poliment à entrer, lui affirmait qu'il ne dérangerait personne, et si elle mentait, il faut reconnaître que cela ne se voyait vraiment pas. Au dîner, elle n'oubliait jamais de lui faire préparer son café, car : « Friedrich, pardon, je voulais dire M. Bhaer, n'aime pas le thé. »

En très peu de temps, toute la famille avait son opinion bien établie sur la nature des sentiments de Jo à l'égard du professeur, mais d'un commun accord, personne ne lui demanda pourquoi elle chantait en travaillant, se recoiffait trois fois par jour et revenait de ses promenades du soir avec les joues aussi rouges.

Il faut dire que Jo faisait tout son possible pour paraître indifférente et croyait bien y parvenir. Elle avait une peur mortelle des plaisanteries que pourrait déclencher son revirement d'opinion venant après de si nombreuses déclarations d'indépendance.

De tout son entourage, Laurie était celui dont elle craignait le plus les sarcasmes.

Mais elle avait bien tort. Laurie se conduisit avec une parfaite discrétion : il ne fit pas la moindre allusion au changement survenu dans le comportement de sa belle-sœur et ne parut jamais surpris de trouver chaque soir le chapeau du professeur sur la table du hall des March.

Mais il se réjouissait grandement en privé et attendait avec impatience le jour où il pourrait le faire ouvertement.

chapitre 22

Sous le parapluie

Deux semaines durant, le professeur se montra d'une fidélité digne d'un premier amour. Puis il disparut sans avertissement. Après trois jours d'absence, Jo n'en pouvait plus d'espérer son retour.

« Il est retourné chez lui dégoûté, se disait-elle. Cela m'est égal, bien sûr ! Mais il aurait au moins pu venir prendre congé ! »

Le soir du quatrième jour d'absence, elle s'apprêtait sans enthousiasme à partir pour son habituelle promenade, sachant très bien qu'elle ne rencontrerait plus son ami sur la route et cependant ne pouvant s'empêcher de jeter à chaque instant un coup d'œil par la fenêtre en direction de la grille d'entrée.

Mme March remarqua qu'elle avait mis son chapeau neuf et se contenta d'observer :

— Vous devriez prendre votre parapluie, chérie, il va sûrement pleuvoir.

— Oui, maman ! Avez-vous des courses à faire en ville ?

— J'aurais besoin d'un paquet d'aiguilles, de deux mètres de ruban rose vif et de coton perlé. Avez-vous mis un vêtement chaud sous votre pèlerine ?

— Je crois..., dit Jo en nouant les rubans de son chapeau d'un air absent.

— Si vous rencontrez M. Bhaer, invitez-le à prendre le thé ; je serais très contente de le revoir.

Jo entendit cette phrase, comprit toute la délicatesse dont elle était empreinte, mais n'y répondit que par un furtif baiser déposé sur la joue de sa mère, et s'en alla rapidement.

Il y avait bien plus de merceries sur le chemin qu'elle suivit pour atteindre la ville qu'il n'y en avait dans le quartier des affaires et des banques où elle se retrouva, sans avoir fait le moindre achat. Et pourtant elle demeurait là, traînaillant, détaillant d'un air faussement intéressé des instruments de précision dans une vitrine, ou des échantillons de bois dans une autre. Bousculée par les passants, se cognant dans des tonneaux, elle ne paraissait pas du tout à sa place, à rêver au milieu de cette foule agitée, mais ne commença à s'en soucier que lorsqu'une goutte de pluie vint s'écraser sur son nez.

Alors seulement, elle s'aperçut que, dans sa précipitation, elle avait oublié de prendre son parapluie ; mais tous regrets étaient superflus. Il lui fallait en emprunter un autre ou se résigner à recevoir l'averse. Elle jeta un coup d'œil vers le ciel encombré de nuages et un autre sur le beau ruban rouge de son bonnet où les gouttes de pluie faisaient déjà des taches noires… puis elle se mit en colère contre elle-même.

« C'est bien fait ! Cela m'apprendra à venir flâner ici dans le ridicule espoir de rencontrer Friedrich. Jo ! Tu me fais honte ! Je te défends d'essayer de te procurer un parapluie, et je t'interdis de chercher à "le" retrouver parmi ses amis… Tu vas t'en aller en vitesse et faire tes courses sous la pluie ! Si tu rentres avec une bronchite et un chapeau hors d'usage, tu auras bien gagné ce que tu mérites ! »

Et sur ces fortes paroles, elle s'élança à travers la rue avec tant d'impétuosité qu'elle faillit se faire renverser par une voiture et se trouva projetée dans les bras d'un monsieur qui lui dit : « Je vous demande pardon, madame » d'un air profondément offensé.

Assez éberluée, Jo se redressa, et s'éloigna rapidement tandis qu'elle sentait l'humidité monter jusqu'à ses chevilles et entendait des parapluies en nombre accru s'entrechoquer au-dessus de sa tête. À la longue, elle prit conscience que l'un d'eux, d'un gris particulièrement délavé, se tenait obstinément audessus d'elle, comme cherchant à protéger à tout prix son malheureux chapeau. Elle se retourna, releva la tête et vit M. Bhaer.

— Il me semble, dit celui-ci, que je connais cette énergique personne qui se lance si bravement sous le nez des chevaux. Puis-je savoir ce que vous faites ici, mon amie ?

— Des courses.

M. Bhaer sourit en laissant courir son regard de la façade de la banque à celle de l'entrepôt de saumure, mais se contenta de dire simplement :

— Vous n'avez pas de parapluie. Me permettez-vous de vous accompagner et de porter vos paquets ?

— Très volontiers, merci !

Les joues de la jeune fille étaient aussi rouges que le ruban de son chapeau, mais elle accepta le bras du professeur et marcha allégrement à son côté, persuadée à ce moment que le soleil avait chassé la pluie et brillait avec une ardeur inaccoutumée.

— Nous pensions que vous étiez parti, dit-elle à son compagnon dont le regard posé sur elle la gênait, car elle savait les bords de son chapeau insuffisamment larges pour cacher la joie dont son visage était empreint.

— Avez-vous pu me croire capable de partir sans un mot de remerciement pour ceux qui m'ont si gentiment reçu ?

— Oh ! Ce n'est pas moi qui l'ai pensé, je vous savais pris par vos affaires. Mais… papa et maman vous regrettaient…

— Et vous, n'aviez-vous aucun regret ?

— Je suis toujours contente de vous voir, monsieur !

Soucieuse avant tout de cacher son trouble, Jo avait parlé avec une froideur excessive et le dernier mot de sa phrase tombant sèchement de sa bouche fit s'envoler le sourire du professeur.

— Je vous remercie, dit-il d'un ton morne. J'irai vous rendre une dernière visite avant de partir.

— Vous allez donc partir ?

— J'ai fait tout ce que j'avais à faire, ici.

— Et… vous êtes satisfait des résultats obtenus ?

— Oui ! Mes amis m'ont trouvé un emploi dans un collège, avec des émoluments qui me permettront de rendre la vie facile à Franz et Emil…

— Quelle chance ! s'écria Jo. Comme il sera agréable de pouvoir vous rencontrer souvent, vous et les garçons !

— Pardon ! Je ne pense pas que nous pourrons nous voir souvent. Ce collège est loin dans l'ouest…

— Si loin ! s'exclama Jo, laissant retomber sa jupe comme si peu importait désormais ce qu'il pourrait advenir de ses vêtements et d'elle-même.

Le professeur parlait et comprenait plusieurs langues, mais il n'avait pas encore appris à comprendre les femmes. L'attitude de Jo, ce soir-là, le déroutait complètement et il lui fut encore plus difficile d'interpréter la raison qui la poussa à interrompre cette conversation dont il attendait la suite avec anxiété pour lui dire avec une indifférence parfaitement simulée :

— J'ai des achats à faire ici. Voulez-vous entrer ? Je n'en ai pas pour longtemps.

Jo était assez fière de la façon dont elle expédiait ses courses et de la décision qu'elle savait montrer dans les cas embarrassants. Mais, dans l'état de perturbation où elle se trouvait en entrant dans la boutique, elle ne fit que des bêtises : elle renversa le plateau d'aiguilles, oublia que le coton devait être perlé et demanda le ruban au comptoir des laines.

M. Bhaer l'observait en silence, son propre étonnement faisant peu à peu place à cette conviction toute nouvelle pour lui, que les femmes comme les rêves peuvent être contradictoires. Pourquoi Jo n'avait-elle pas montré plus de joie à le retrouver, alors que, visiblement, elle n'était venue dans ce lointain quartier que pour l'y rencontrer ? Pourquoi n'avait-elle pas eu l'air d'être peinée en apprenant son départ pour l'ouest ? Une phrase de joie ou de regret l'aurait aidé à y voir clair dans les sentiments de la jeune fille qu'il désirait si ardemment connaître, mais il se heurtait à une indifférence dont il était bien incapable de comprendre le sens.

En sortant de la boutique, il glissa le paquet sous son bras et, dans son trouble, pataugea comme à plaisir dans les flaques d'eau. Arrivé devant un étalage de fleurs et de fruits, il annonça son intention de se munir de quelques cadeaux pour la famille March. Jo chercha vainement à freiner ses générosités, elle ne put l'empêcher d'acheter des quantités de fruits, un pot de reines-marguerites, et, pour les jumeaux, des bonbons au miel.

Il fourra tout ce qu'il put dans ses poches, donna les fleurs à Jo et, brandissant son parapluie, repartit à son bras dans la boue.

— Miss March, dit-il timidement, un moment plus tard, j'ai une grande faveur à vous demander.

— Je vous écoute..., répondit Jo dont le cœur se mit à battre à la seule pensée de ce qu'elle s'apprêtait à entendre.

— Le moment est mal choisi... sous cette pluie battante, mais il nous reste si peu de temps...

— Cela ne fait rien, fit Jo, serrant si nerveusement son pot de fleurs sous le bras qu'elle faillit l'écraser. Je vous écoute...

— Je souhaiterais, reprit M. Bhaer, donner une robe à Tina et un châle à sa mère. Je suis trop stupide pour faire seul ces achats… pourrais-je vous demander de m'accompagner ?

— Avec plaisir ! riposta Jo, devenue subitement aussi calme et aussi froide que si elle était entrée dans une glacière.

Elle fit les achats demandés avec l'énergie d'un désespoir farouche. Peu lui importaient la robe de Tina et le châle de sa mère ! Le soleil était reparti aussi soudainement qu'il était arrivé. Le monde redevenait hostile et glacial comme avant l'apparition du parapluie gris. Pour la première fois, Jo s'apercevait que ses pieds étaient gelés, son front brûlant, son cœur plus douloureux que sa tête et plus froid que ses pieds.

Le professeur Bhaer allait la quitter… et il n'en éprouvait aucun regret… Il ne voyait, n'avait jamais vu en elle qu'une amie… Elle s'était trompée sur ses sentiments ou plutôt, une fois de plus, son imagination l'avait entraînée trop loin. Elle avait inventé des choses qui n'existaient que dans sa tête, elle y avait cru et maintenant… Une lassitude extrême s'empara d'elle.

— Que faisons-nous, à présent, demanda le professeur. Voulez-vous rentrer à la maison ?

Sa chambre apparut soudain à Jo comme le seul havre possible où elle pût abriter son chagrin, pleurer son rêve effondré. Être seule surtout. Ne plus voir cet homme…

— Oh ! Oui, fit-elle, je suis fatiguée.

Sa voix sonna plus triste qu'elle n'aurait voulu et, voyant s'avancer vers elle les lanternes d'un omnibus brillant à travers la pluie, elle lui fit signe avec tant de précipitation que le pot de reines-marguerites lui échappa des mains et s'écrasa sur le pavé.

— Ce n'est pas notre bus, fit le professeur calmement en se baissant pour ramasser les pauvres fleurs.

— Oh ! Je vous demande pardon, bafouilla Jo, je n'avais pas bien vu le nom. Excusez-moi d'avoir maltraité votre cadeau.

Jo parlait en détournant la tête, et en serrant fortement les paupières, car, pour rien au monde, elle n'aurait consenti à sortir son mouchoir pour s'essuyer les yeux.

De plus en plus surpris de la conduite de la jeune fille, M. Bhaer ne la quittait pas des yeux et ne tarda pas à remarquer les larmes coulant sur ses joues. Cette vue le surprit d'abord, puis l'émut et il questionna de sa voix la plus chaude :

— Jo, ma chère, pourquoi pleurez-vous ?

Jo n'avait jamais pu apprendre à se plier à l'hypocrisie des relations mondaines. Elle était déçue de n'avoir pas pu cacher son chagrin, mais elle répondit avec toute la franchise qui la caractérisait :

— Parce que vous partez !

— *Ach Mein Gott !* s'écria le professeur, troublé au point de s'exprimer dans sa langue natale et de parvenir à s'étreindre les mains malgré son parapluie et ses paquets. Que c'est bon de vous entendre dire cela.

Puis, d'une seule traite, il ajouta :

— Jo, ma chérie, je n'ai rien à vous donner que beaucoup d'amour, mais je suis venu parce que j'avais besoin de savoir si cela représentait quelque chose pour vous. Il y a si longtemps que je suis votre ami en souhaitant être bien davantage... Est-ce possible, Jo ? Pouvez-vous trouver dans votre cœur une petite place pour le vieux Friedrich ?

— Oh ! oui, fit Jo, et le professeur fut pleinement rassuré lorsque la jeune fille, joignant ses deux mains sur son bras, plongea son regard dans le sien avec une expression signifiant nettement combien elle serait heureuse de traverser la vie à son côté, sans autre abri qu'un vieux parapluie délavé, si c'était lui qui le portait !

La situation était embarrassante, car M. Bhaer ne pouvait, ni se mettre à genoux devant Jo comme il en avait envie, à cause de la boue, ni lui presser les mains, car les siennes étaient plus qu'encombrées par ses innombrables paquets et moins encore se livrer en pleine rue à des démonstrations plus tendres. Il dut donc se contenter de la remercier d'un regard, mais ce regard illuminait sa face d'une telle joie qu'on eût pu croire qu'un arc-en-ciel brillait dans chacune des gouttes d'eau accrochées à sa barbe.

Les passants les prirent sans doute pour une paire d'inoffensifs lunatiques, car, oubliant finalement de faire signe à leur omnibus qui approchait, ils reprirent leur route dans l'ombre et le brouillard grandissants. Le professeur marchait du pas de celui qui vient de conquérir un royaume, et Jo se sentait si bien à sa place à son côté, qu'elle ne comprenait plus comment elle avait pu mettre si longtemps à y venir. Ils marchèrent longtemps en silence, tout à leur joie, puis Jo éprouva le besoin de poser quelques questions.

— Friedrich, dit-elle, pourquoi ne m'avez-vous pas dit tout ceci plus tôt ?

— Ce n'est pas l'envie qui m'en a manqué, surtout lorsque vous avez quitté New York...

mais j'avais peur. M'auriez-vous répondu « oui » si j'avais, alors, parlé ?

— Je ne sais pas ! Je ne pense pas, je n'avais pas de cœur à ce moment-là.

— Je ne vous crois pas. Vous en aviez un, mais il ne s'était pas encore éveillé… et c'est heureux pour moi.

— Peut-être, fit Jo en souriant. Mais dites-moi aussi pourquoi vous êtes enfin venu, juste au moment où j'avais le plus besoin de vous.

— À cause de ceci, dit le professeur, sortant de la poche de sa veste une découpure de papier journal et la tendant à Jo. Dépliez-le, ajouta-t-il, vous qui avez les mains libres et lisez-le.

Jo n'eut besoin que d'y jeter un coup d'œil pour reconnaître des vers écrits quelques mois plus tôt et qu'un hebdomadaire avait récemment publiés.

— Comment ces vers ont-ils pu vous faire venir ? murmura-t-elle.

— Je les ai trouvés par hasard. J'ai reconnu les initiales de la signature et les noms de vos sœurs. Lisez !

— Non ! dit Jo déchirant le papier et le jetant dans la boue. Ces vers sont horribles.

Mais le professeur ne fit qu'en rire.

— Je les sais par cœur, dit-il.

Et il récita :

— Au fond du grenier quatre petits coffrets
Sagement alignés dorment sous la poussière.
Quatre sœurs autrefois y rangeaient leurs secrets.
La dernière aujourd'hui, accablée de regrets,
Auprès d'eux se rend solitaire.

Quatre petites clefs pendent à des rubans
Fanés et déchirés. Quatre prénoms de fille,
Meg, Jo, Amy et Beth, sont marqués au-dedans,
Et celle qui revient rêve à ces joies d'enfants
Que le temps si vite éparpille.
Gravé au nom de Meg, le premier coffre est vide…

— Taisez-vous ! s'écria Jo, l'interrompant. C'est encore pire que je ne croyais, mais lorsque j'ai écrit cette poésie je voulais y mettre quelque chose… je me sentais si seule ce jour-là, et j'ai tant pleuré…

— Peut-être l'y avez-vous mis sans le savoir, car en la lisant je me suis dit : « Elle a un chagrin, elle est seule, mon cœur est plein de son image. Peut-être… maintenant, acceptera-t-elle de m'entendre… » Mais c'est la dernière strophe surtout qui m'a donné le courage de venir ; la dernière strophe, vous savez :

Au fond du grenier quatre petits coffrets
Un jour seront ouverts par le Juge Suprême…
Puisse-t-Il n'y trouver, parmi tous leurs secrets,

Que les gestes d'amour et les dons sans regrets
De quatre cœurs ardents à s'oublier eux-mêmes.

— Vous n'auriez pas écrit cela à New York, au temps où votre cœur dormait encore, et ayant écrit ces vers vous ne pouviez pas me rejeter à la rue en éclatant de rire devant ma prétention.

— Et sans cette affreuse poésie, murmura Jo pensive, vous ne seriez jamais venu ?

— Non ! Je ne voulais pas vous arracher à cette famille où vous étiez si heureuse, pour vous entraîner dans l'insécurité et la misère de ma vie, ou bien attendant d'avoir trouvé une situation digne de vous, je serais venu longtemps plus tard, trop tard peut-être…

— Je suis heureuse parce que vous êtes pauvre, dit Jo avec une soudaine fermeté ; je n'aurais jamais pu supporter d'épouser un mari riche ; je veux gagner avec vous de quoi fonder un foyer…

— Nous verrons, Jo, dit M. Bhaer, plus ému de cette déclaration qu'il ne voulait le paraître, mais je dois d'abord occuper ce poste dans ce collège dont je vous parlais tout à l'heure. Même pour vous, je ne dois pas manquer à mes engagements à l'égard de Franz et Emil. Pourrez-vous ne pas m'en vouloir et aurez-vous assez de patience pour attendre mon retour ?

Ils étaient arrivés devant la grille. Pour toute réponse Jo la poussa et entraîna le professeur dans une allée pleine d'ombre.

Là, sous le parapluie, elle l'embrassa.

Il était monstrueusement choquant de se livrer à un tel excès de familiarité, mais Jo l'aurait fait quand bien même tous les moineaux pépiant dans la haie eussent été des êtres humains hurlant au scandale, car, tout à son bonheur présent, elle ne les aurait même pas entendus.

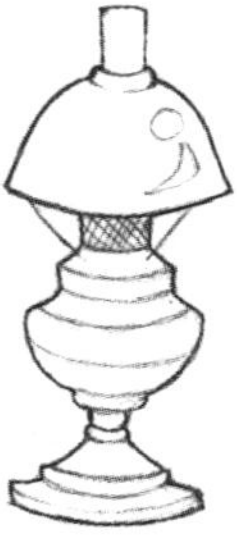

chapitre 23

Le temps de la moisson

Pendant un an, Jo et son professeur attendirent en travaillant, espérèrent en s'aimant, se virent très peu et s'écrivirent de si longues lettres que Laurie les accusa d'être responsables de la hausse du prix du papier.

Depuis peu de temps, Laurie était père d'une jolie petite Beth, mais cela ne lui avait nullement fait perdre le goût de taquiner sa belle-sœur.

Celle-ci prit le reproche en souriant et riposta que les hochets et jouets d'enfants allaient atteindre des prix inaccessibles par sa faute. Il est juste de dire que la jeune Miss Laurentz était gâtée outre mesure, mais elle était si mignonne et si délicate qu'il était impossible qu'il en fût autrement, et Jo était la première à lui donner tout ce dont elle n'avait même pas encore envie.

La seconde année débuta d'une façon encore moins propice pour les deux pauvres fiancés. Tante March était tombée gravement malade et Jo, passant ses journées auprès d'elle, n'avait même plus la possibilité d'écrire ses histoires dont la rémunération était destinée à hâter la création de son futur foyer.

Tante March mourut en février, et sa nièce, malgré tout ce qu'elle avait eu à souffrir du caractère difficile de la vieille dame, pleura cette mort qui creusait un nouveau vide dans la famille. Cependant ce chagrin lui apporta une joie profonde : dans son testament, tante March avait voulu favoriser celle de ses nièces qui avait eu le moins de chance, disait-elle, et elle léguait à Jo, outre une importante partie de ses bijoux, sa maison de campagne, « Le Val-d'Or ».

— C'est une belle et vieille demeure, affirma Laurie heureux de cette bonne fortune survenant enfin à la pauvre Jo. En la vendant, vous en tirerez un joli profit.

— Mais je ne la vendrai pas ! se récria Jo qui aimait ce coin de terre.

— Vous n'avez pas l'intention d'y vivre ?

— Mais si, bien sûr !

— Il me semble que vous vous trompez, Jo, en croyant la chose possible. La maison immense coûtera très cher d'entretien et il faudrait deux ou trois hommes pour cultiver les terres et le verger. Enfin, Bhaer ne me paraît pas fait pour devenir fermier…

— Il essaiera, si je le lui demande.

— Je n'en doute pas. Mais j'ai peur que votre imagination ne vous entraîne à voir les choses sous un jour trop idéalisé… Vous vous donnerez beaucoup de mal, mais vous n'arriverez pas à vivre sur le produit de ces terres…

— Qui vous dit que nous ne ferons que de la culture ?

— De l'élevage, alors ?

— Oui ! Des garçons : j'ai l'intention d'ouvrir une école. Mais une école très spéciale où les garçons, qui seront tous orphelins ou abandonnés, pourront mener une vie heureuse dans une atmosphère familiale. Je me chargerai de les nourrir, de les soigner et de les dorloter. Friedrich les fera travailler.

Laurie critiqua le projet et appela la famille à la rescousse pour détourner Jo d'une entreprise aussi lourde et peu rémunératrice. Les avis furent très partagés.

M. et Mme March se montrèrent d'accord et même se proposèrent pour seconder le professeur et sa femme. Meg secoua la tête d'un air pensif en assurant à sa sœur qu'elle ne savait pas à quel point il était difficile d'élever des garçons…

— Friedrich en a élevé deux ! se récria Jo fièrement. Et moi, j'ai aussi fait mon expérience. Mon « garçon », n'est-il pas devenu l'honneur et la fierté de toute la famille ?

— Je certifie que vous avez entrepris tout ce qui était possible pour y arriver…, lança Laurie avec un sourire reconnaissant.

— Et j'ai réussi au-delà de mes espérances ! Quand j'aurai ma bande de garçons, je vous citerai en exemple et leur dirai de prendre modèle sur vous. J'espère que tous, après avoir été des Teddies insupportables comme vous l'avez été, deviendront des hommes de valeur comme vous l'êtes aujourd'hui.

— Vous exagérez, Jo, fit Laurie, gêné par ce compliment. Je n'ai d'ailleurs jamais voulu dire que vous étiez incapable d'élever des garçons, mais seulement que vous vous condamnez à une vie impossible !

— Je la crois possible, moi ! Et très enviable, même !

— Vous n'avez pas réfléchi, Jo. Vous ne savez pas…

— Erreur, mon cher Teddy. Il y a très longtemps que j'y pense… Friedrich et moi avons discuté ce projet, alors qu'il n'était encore qu'un rêve irréalisable puisque nous n'avions ni local pour nous installer, ni argent pour en louer un. Mais nous étions d'accord pour admettre que ce mode d'existence serait le plus souhaitable pour nous.

— Et vous aviez raison ! conclut M. Laurentz avec un sourire malicieux, car il venait de découvrir le stratagème qu'il cherchait depuis longtemps pour venir en aide à Jo et à Friedrich.

Les événements se déroulèrent ensuite avec une vitesse étourdissante. Jo se retrouva mariée et installée au Val-d'Or, avant d'avoir eu le temps de s'en apercevoir. Une famille de six ou sept garçons poussa autour d'elle comme des champignons et prospéra sans qu'elle éprouvât la moindre difficulté d'argent. Il y avait beaucoup plus de pauvres que de riches parmi eux, mais les pauvres étaient toujours découverts par M. Laurentz qui fournissait des renseignements si touchants sur les situations tragiques de ces garçons qu'il était aussi impossible à Jo de refuser de les adopter que de repousser l'offre du vieux monsieur lorsqu'il insistait pour prendre sa part de ces sauvetages en payant la pension des jeunes rescapés.

Le travail fut écrasant au début, et Jo, malgré son désir de bien faire, eût été débordée si le professeur n'avait été auprès d'elle pour la conseiller, et cet homme extraordinaire savait si bien s'y prendre que les pires chenapans finissaient par s'amender sous sa sage tutelle.

Franz et Emil étaient les surveillants de cette horde déchaînée et Jo se réjouissait de vivre dans l'exubérance de leur jeune vitalité. Mais parfois elle souriait en pensant à la piteuse mine que ferait tante March si elle avait vu son jardin dévasté par ces garnements et ses pelouses, dont elle était si fière, transformées en terrain de cricket. Il lui semblait qu'il y avait là une savoureuse ironie du sort.

Tante March, qui aimait si peu les enfants, qui avait tant brimé ses nièces, et surtout Jo, au profit de son chien et de son perroquet, n'avait à son insu soigné et édifié sa propriété qu'afin de la rendre plus apte à devenir un paradis pour garçons abandonnés… N'était-ce pas justice, après tout ? Du haut du ciel, où elle devait voir toutes choses avec des yeux bien différents, pouvait-elle n'être pas heureuse de se racheter de son égoïsme passé de cette façon même indirecte ?

En dépit de son dur labeur, de beaucoup d'anxiété, et de l'incessant tintamarre où elle vivait, Jo avait enfin rencontré le bonheur. Elle n'écrivait plus d'histoires, mais elle en inventait toujours et trouvait mille fois plus de joies à les raconter à son auditoire enthousiaste qu'à les présenter à des éditeurs plus ou moins compréhensifs dans le vil espoir d'en tirer de l'argent. Et bien que sa « famille » s'augmentât sans cesse d'enfants adoptés, cela ne l'empêcha pas de créer une vraie famille. À trois ans de distance, elle mit au monde deux garçons : Rob, comme son grand-père, et Teddy, comme son oncle. Deux beaux bébés qui semblaient avoir hérité de l'heureux caractère de leur père et de la vivacité d'esprit de leur mère. Les grands-parents et les tantes ne comprirent jamais comment ils parvinrent à vivre dans le tohu-bohu du Val-d'Or, mais il est bien évident qu'ils poussèrent comme des pissenlits au printemps, grâce aux rudes soins de leurs frères adoptifs qui éprouvaient pour eux une affection maternelle.

Il y avait des quantités de jours de congé au Val-d'Or. Mais un des plus agréables était celui qui avait été institué pour la cueillette des pommes, et pour lequel toute la famille avait pris l'habitude de se réunir au grand complet.

Cinq ans après le mariage de Jo, par une belle journée d'octobre, nous retrouvons là les March, les Laurentz, les Brooke et les Bhaer. Les pensionnaires de la maison sont grimpés dans les pommiers et secouent les branches tandis que les lourds fruits tombent avec un bruit sourd dans l'herbe constellée de feuilles jaunes.

Puis, le professeur Bhaer, armé d'une gaule, détache les dernières pommes encore restées au bout des branches et les adultes se précipitent pour recueillir dans des paniers l'abondante récolte.

L'air résonne de chants et de cris de joie. Les fleurs mauves de l'automne égaient les vieux murs moussus, les feuilles dorées des arbres sont prêtes à tomber au premier souffle de vent et le soleil jette sur ce décor une lumière de fête.

Jo règne sur ce petit monde avec son habituelle ardeur et un enthousiasme non dissimulé. Sa robe relevée par des épingles, son chapeau partout sauf sur sa tête, son tablier rempli de pommes, elle presse dans son bras Teddy, son dernier-né, et court de l'un à l'autre distribuant sans compter compliments et encouragements.

À cinq heures, le travail terminé, les garçons servent le goûter. En un clin d'œil, l'herbe se trouve couverte de gâteaux, de pots de miel et de tasses de lait. Chacun étant autorisé à manger comme il l'entend, c'est un inexprimable désordre, plein de gaieté, qui règne sur les lieux. Dans un coin, un certain Dick s'efforce de boire en se tenant debout sur les mains, plus loin, d'autres dégustent leur cake en jouant à saute-mouton. Et, disputant la place aux oiseaux, on voit dans les branches des garçons tartinant leur pain de confitures.

Quand tous les appétits sont rassasiés, le professeur se lève et porte le premier toast :

— À Tante March à qui nous devons d'être ici ! lance-t-il avec toute la reconnaissance dont son cœur déborde pour la vieille dame qui, sans le connaître, lui a permis de réaliser son rêve.

Et son toast est repris en chœur par les garçons, élevés dans le respect de cette tante inconnue, mais si bonne pour eux.

— Maintenant, reprend le professeur, nous boirons au soixantième anniversaire de grand-mère, et que Dieu lui accorde une longue vie…

Des cris d'enthousiasme saluent cette proposition et le ban qui l'accompagne déclenche une telle effervescence, qu'il est bien difficile d'y mettre fin.

Demi, l'aîné des petits-enfants, présente alors à la reine de la fête les cadeaux préparés en grand secret pour elle. Il y en a tant qu'ils remplissent une brouette d'où Demi, gravement, extirpe les uns après les autres des objets parfois étranges, car, fabriqués par les enfants eux-mêmes, ils sont loin d'être tous parfaits. Mais leurs défauts en sont le plus bel ornement aux yeux de Mme March qui félicite chaudement Daisy pour le mouchoir qu'elle lui a festonné à grands points inégaux ; admire, comme un chef-d'œuvre de mécanique, la boîte à chaussures de Demi dont le couvercle ne ferme pas et réserve ses meilleurs compliments au tabouret boiteux fabriqué par Rob. Cependant, le cadeau qui lui est le plus sensible est, sans doute, celui de la fille d'Amy : un très beau livre sur la première page duquel s'étalent, en grandes lettres maladroites, ces mots : « À ma chère grand-mère, sa petite Beth. »

Après cela, on boit à la santé de tous, depuis celle de M. Laurentz, considéré comme le bienfaiteur de la maison, et du docteur March, dont les conseils sont si utiles ici, jusqu'à celle d'un certain cochon d'Inde venu dans les parages à la recherche de son jeune maître.

Puis les garçons s'éclipsent et Mme March se retrouve seule avec ses filles.

— J'espère que vous êtes contente, maman chérie, dit Jo, les yeux brillants de joie.

— Contente surtout de vous voir toutes heureuses, mes chéries…

— Mais c'est à vous que nous devons notre bonheur ! s'écrie Jo avec cette impétuosité qu'elle n'a jamais appris à refréner.

— Vous avez jeté la bonne semence, dit Meg affectueusement.

— Et nous en récoltons les fruits ! achève Amy dans un sourire.

Émue jusqu'aux larmes, Mme March ne peut qu'étendre les bras, comme si elle voulait y enserrer à la fois ses enfants et ses petits-enfants et, tandis que tous se précipitent vers elle, elle murmure de sa douce voix qui sait si bien atteindre les cœurs :

— Je vous souhaite tout le bonheur possible, mes enfants, mais ne peux vous en souhaiter un plus grand que celui que j'éprouve en ce moment…

Fin

As-tu lu le premier tome ?

Lorsque le docteur March quitte sa famille pendant la guerre de Sécession, sa femme et ses quatre filles doivent apprendre à vivre seules. Et avec des caractères aussi différents que ceux de Jo, un vrai garçon manqué, Meg, qui rêve de trouver un bon mari, Beth, souvent en retrait, et Amy, une petite peste, la maison promet d'être particulièrement animée…

Pour savoir quand tu pourras lire
la suite des aventures de Jo et ses sœurs
en Bibliothèque Rose, va sur le site :

www.bibliotheque-rose.com

La Filleule du Dr March

Tourne vite la page pour découvrir
les autres séries classiques de La Bibliothèque Rose !

Fantômette

Les exploits de Fantômette

Fantômette et
le trésor du pharaon

Fantômette
et l'île de la sorcière

Fantômette et son prince

Les sept Fantômettes

Fantômette
et la maison hantée

Fantômette contre le géant

Fantômette
et le Masque d'Argent

Hors-série
Les secrets de Fantômette

Le Club des Cinq

1. Le Club des Cinq et le trésor de l'île

2. Le Club des Cinq et le passage secret

3. Le Club des Cinq contre-attaque

4. Le Club des Cinq en vacances

5. Le Club des Cinq en péril

6. Le Club des Cinq et le cirque de l'Étoile

7. Le Club des Cinq en randonnée

8. Le Club des Cinq pris au piège

9. Le Club des Cinq aux sports d'hiver

10. Le Club des Cinq va camper

11. Le Club des Cinq au bord de la mer

12. Le Club des Cinq et le château de Mauclerc

13. Le Club des Cinq joue et gagne

14. La locomotive du Club des Cinq

15. Enlèvement au Club des Cinq

6. Le Club des Cinq
t la maison hantée

17. Le Club des Cinq
et les papillons

18. Le Club des Cinq et
le coffre aux merveilles

19. La boussole
du Club des Cinq

20. Le Club des Cinq et
le secret du vieux puits

21. Le Club des Cinq
n embuscade

22. Les Cinq sont
les plus forts

23. Les Cinq au cap
des Tempêtes

24. Les Cinq mènent
l'enquête

25. Les Cinq à la
télévision

26. Les Cinq et les
irates du ciel

27. Les Cinq contre
le Masque Noir

28. Les Cinq et
le Galion d'or

29. Les Cinq et
la statue inca

30. Les Cinq se
mettent en quatre

Table

1. Le premier mariage 7
2. La première réception d'Amy 27
3. Jo écrivain 45
4. Meg fait des confitures 57
5. La robe de taffetas violet 73
6. Mondanités 87
7. La vente de charité des Chester 105
8. Notre correspondant à l'étranger . 123
9. Inquiétudes 137
10. Le journal de Jo 155
11. Un ami 169
12. Peines de cœur 189
13. Le secret de Beth 203
14. Noël à Nice 209
15. Meg et ses jumeaux 227
16. Laurie l'Indolent 241
17. La vallée des larmes 259
18. À la recherche de l'oubli 267
19. Seule 279
20. Retours inattendus 289
21. Espoirs et rêves 305
22. Sous le parapluie 315
23. Le temps de la moisson 331

PAPIER À BASE DE
FIBRES CERTIFIÉES

hachette s'engage pour l'environnement en réduisant l'empreinte carbone de ses livres. Celle de cet exemplaire est de :
900 g éq. CO_2
Rendez-vous sur
www.hachette-durable.fr

Composition **Nord Compo** - Villeneuve d'Ascq

Imprimé en Roumanie par G. Canale & C. S.A.
Dépôt légal : février 2013
Achevé d'imprimer : février 2013
20.3591.3/01 – ISBN 978-2-01-203591-1
Loi n° 49956 du 16 juillet 1949
sur les publications destinées à la jeunesse